홍학이 된 사나이

오한기
장편소설

홍학이 된 사나이

문학동네

실제로 홍학을 본 적은 없지만, 실제로 홍학을 본 것 같다. 오한기라는 친구가 말해주길, 홍학은 너의 것이 아니야. 한기는 장래 희망에 홍학이라 적어낼 정도로 홍학을 좋아하지만, 내가 그럼 홍학은 한기 네 거야? 라고 물었을 때, 한기가 대답하기를, 아니. 나도 늦었어. 늦는다는 말이 무슨 뜻일까? 그럼 누구 건데? 그루지야의 미친 남자. 비록 공을 무서워하지만 한기는 최고의 외야수다. 나는 한 번도 제대로 공을 잡아본 적 없는 한기를 좋아하지만, 가끔 한기는 정신병자 같다. _이상우, 「나방, 평행」, 『프리즘』

차례

나 … 9
번식 … 12
뇌 … 14
동물원 … 16
광기와 우울 … 18
원자력발전소 … 22
비밀 … 28
징후 … 32
폰섹스 … 34
홍학과 나 … 37
일기 … 39
윈체스터 … 70
주문 … 78
산책 … 80
유리 올레샤, 장 주네, 윌리엄 버로스, 에두아르 르베 … 88
소나기 … 90
시위 … 95
물수리 … 98
묘사 … 105
몽유병 … 107
분신 … 110
고백 … 112

노천극장 … 117

인공 호수 … 122

DB의 노트 … 125

경고 … 126

사냥개 … 131

토끼 머리 … 132

로로 … 142

DB 햄버거 … 148

홍학이 된 사나이 … 149

제이니 … 164

병든 암소 … 165

리뷰 | 방영은(독자) 문학이 된 사나이 … 167
—문학이 세계를 구원할 수 있다고 믿나요?

작가의 말 … 178

나

홍학. 그 붉은 동물이 되기 시작한 이후 인간의 언어를 점점 잊어가고 있다. 이게 인간의 언어로 쓰는 마지막 글이 될지도 모른다. 다행히도 생각을 기록하는 데는 아직까지 별문제가 없다.

그동안 나는 내 정체에 대해 아무에게도 말하지 않았다. 성가시기 때문이다. 홍학을 좋아한다고만 해도 이상한 눈으로 바라보거나 질문이 이어지기 마련이다. 더군다나 나는 홍학을 좋아하지 않는다. 홍학에게 아무런 감정이 없다. 홍학일 뿐이다.

한때 좋아했던 여자에게 이 사실을 고백한 적이 있었다. 그녀는 처음에는 믿지 않다가 나중에는 내가 무섭다며 눈물을 쏟았다. 얼마 지나지 않아 그녀는 모든 게 내가 소설을 쓰기 때문이라며 소설과 자신 중 하나를 선택하라고 했다. 고백하건대 나는 그 무렵 그녀와 섹스를 할 때마다 암컷 홍학과 교미하는 상상을 했다. 붉은 교성이란!

경험에 의하면 여러모로 나를 숨기는 게 편하다. 오해하지 말길 바란다. 나는 동물에게 성욕을 느끼는 성도착증 환자도 마약에 중독된 예술가도 광기에 휩싸인 살인마도 아니다. 홍학일 뿐이다.

내 삶의 목적은 생존이다. 그렇게 믿고 싶지는 않다.
나는 생각하지 않는다. 홍학의 말을 받아적는다.
이 글의 주제는 나다. 나와 외로움이다.

본격적으로 이 글을 쓰기 시작하기에 앞서 머릿속에 문득 스쳐지나간 생각을 몇 가지 적어둔다. 이 글을 이해하는 데 도움이 될지는 모르겠지만.

조지 오웰은 『동물농장』에서 전체주의를 비판했고, 나쓰메 소세키는 『나는 고양이로소이다』를 통해 인간사의 부조리를 지적했다. 카렐 차페크도 『도롱뇽과의 전쟁』의 서문에 "나는 인간을 생각하면서 이 책을 집필했습니다"라고 썼다. 프란츠 카프카의 『변신』은 너무 유명해서 더이상 할말도 없다. 『금수회의록』 『이솝우화』 『서유기』 모두 마찬가지다. 완벽한 동물 소설은 없다. 이 글 역시 마찬가지일 것이다. 그러나 동물의 말과 생각을 그대로 들려주기 위해 애쓰는 건 내가 유일할 것이다.

나는 아직까지도 홍학이 붉은 몸을 지닌 학이고 통상적으로 플라밍고라고 불리기도 한다는 것밖에 모른다. 기껏해야 조류나 곤충, 갑각류를 먹이 삼고 외발로 선 채 잠을 자며 집단생활을 좋아한다는 것 정도밖에 모른다. 어린 시절 엄마와 동물원에 갔다가 홍학 쇼를 본 기억도 어렴풋이 떠오른다. 그것뿐이다. 엄밀히 따지면 나는 그 붉은 짐승에게 아무런 관심도 없다.

동물로 변하고 있는 건 그렇다 치더라도 왜 하필 홍학인지는 아직도 잘 모르겠다. 그러니 내가 인간과 홍학의 경계에서 어떤 생각을 했고 어떻게 살았는지 기억나는 순서대로 차근차근 이야기하는 수밖에.

내 이야기는 여기까지다. 이제부터는 한 마리 홍학에 대한 이야기다.

번식

홍학이 되기 시작한 건 꽤 오래전부터라 정확한 일자는 기억나지 않는다. 우연한 계기로 홍학에 대한 몇 편의 시를 쓴 뒤 어느 순간 홍학이 돼버렸다. 홍학이 돼보니, 홍학이 되길 잘했다는 생각도 든다. 특히 더이상 사람 노릇을 하기 위해 애쓰지 않아도 될 때 말이다.

당시 썼던 시는 모두 어디에 두었는지 기억나지 않는데, 「홍학의 일과」라는 시의 첫 4행은 이상하게 또렷이 기억난다.

애완용 홍학이 말을 걸었다
무슨 말인지 알아듣긴 했는데 적을 수는 없었다
창문을 열었는데 오층이었다
나는 잠든 홍학을 깨웠다

더이상 사람이 아니라고 생각하니 덜컥 겁이 났다. 나는 다시 사람이 되기 위해서 노력을 해야 한다고 생각했다. 처음에는 그 방법을 성묘라고 생각했다. 그뒤 하루가 멀다 하고 성묘를 다녀왔다. 집안의 선산은 강화도에 있었다. 할아버지는 위암으로 죽었고, 할머니는 중풍으로 죽었다. 오래된 일들이다. 할아버지는 한국전쟁 당시 북한에서 넘어왔고, 북한에 두 명의 부인을 두고 있었다. 할머니는 남한에서 만든 부인이었다.

성묘를 다녀도 홍학이 되는 것을 막을 수 없다는 확신이 든 뒤로는 볼링을 치기 시작했다. 왜 사람이 되기 위해 볼링을 쳤는지 그 이유는 잘 모르겠다. 그마저도 볼링공이 너무 무거워서 금세 포기해버렸다. 역시 이유는 잘 모르겠지만, 불현듯 볼링이 사람에게나 홍학에게나 너무 잔인한 스포츠라는 생각도 들었다.

그 이후 나는 내가 다시 사람이 될 수 없다는 사실을 겸허하게 받아들였다. 그러자 어느 순간부터는 얼른 인간에서 벗어나 완전한 홍학이 되고 싶기까지 했다. 이런 시상도 떠올랐다.

홍학은 숲이다
숲에는 따뜻한 바람이 불지 않는다

얼마 전에는 잃어버렸던 노트를 찾았다. 노트에는 시가 한 편 적혀 있었다. 홍학의 번식에 대한 긴 시였는데, 홍학들이 집단 짝짓기를 하는 장면이 149행 내내 인간의 언어로 적혀 있었다.

뇌

내가 사는 곳은 외삼촌의 펜션이다. 외삼촌은 재작년 가을에 죽었다. 자식이 없던 외삼촌은 내게 펜션을 남겼다. 유골은 펜션에 맞닿아 있는 저수지에 뿌렸다. 유언은 없었다.

펜션은 단출하다. 열 채의 허름한 독채가 방갈로처럼 저수지 앞에 죽 늘어서 있을 뿐이다. 침대, 책상, 창문, 옷장, 세면실. 방 구조는 열 채 모두 똑같다.

열번째 방. 110호. 여기가 내 방이다. 나는 이 방에 묵으며 펜션을 관리한다. 이 방에서 나는 대부분 책을 읽거나 글을 쓴다. 인간의 언어를 잊지 않기 위해 나름대로 애쓰는 것이다. 구차하게 이러긴 싫은데 내 몸속에는 그런 본능이 흐르고 있다. 그 본능이 정확히 무엇인지는 잘 모르겠는데, 굳이 따져보면 인간의 죄책감하고 비슷한 것 같다.

홍학에 대한 시들도 모두 이 방에서 썼다. 나는 110에서 홍학인 채로 생각하고 인간의 언어를 빌려 기록한다. 내가 쓴 글은 모두 홍학이 쓴 것도 아니고 인간이 쓴 것도 아니다. 이 정체를 알 수 없는 글 역시 마찬가지다. 110은 홍학의 뇌다.

인간이었을 때와 마찬가지로 나는 수컷이다. 다른 건 그럭저럭 익숙해졌는데 성욕이 일면 약간 혼란스럽다. 아직 인간의 육신에서 벗어나지 못했는데 더이상 인간에게 욕망을 느끼지 못하고, 홍학에게 본능적으로 끌리는데 곁에 암컷 홍학이 없기 때문이다. 한 가지 더. 내 번식기는 여전히 인간처럼 시도 때도 없다.

언젠가 성욕을 견디지 못해 동물도감을 뒤적인 적도 있었다. 큰홍학. 꼬마홍학. 칠레홍학. 제임스홍학. 안데스홍학. 쿠바홍학. 어느 순간 책장 속의 홍학들이 내게 말을 건네기 시작했다.

참외

나는 이 단어를 빼곤 알아듣지 못했다. 그날 밤 나는 이렇게 썼다.

생식기의 혁명이 필요하다
혁명은 참외 씨다

다음날, 한 문장을 추가했다.

참외 씨는 외롭지 않다

동물원

참다 참다 못 견디면 시외버스를 타고 동물원으로 향했다. 그런 날이면 하루종일 홍학 우리 앞을 서성였다. 그러던 어느 날 너를 발견했다.

나는 기억한다. 그날 울타리 안 인공 호수 위에는 홍학이 스무 마리쯤 있었다. 너는 그들과 멀찍이 떨어져 있었다. 너는 다른 홍학들보다 긴 목을 갖고 있었다. 불그죽죽한 털은 고르지 못했고, 꾀죄죄한데다가 삐쩍 말라 있었지만 우아한 기품이 느껴졌다.

사랑스러운 암컷 홍학. 나는 한눈에 너를 알아봤다. 그뒤 넋을 잃은 채 너를 바라봤다. 얼마 지나지 않아 너도 내 눈빛을 알아차렸다. 우리는 긴 시간 동안 서로를 응시하고 있었다.

너는 누구지?

네가 달아나지 않도록 조심스럽게 속삭였다. 너는 나를 물끄러미 바라볼 뿐 아무 말도 없었다.

대체 너는 누구지?

내가 다시 물었다. 너는 내게서 눈을 거뒀다. 수면을 멀거니 바라봤다. 허공을 잠시 응시했다. 너는 천천히 무리에 다시 섞여들었다. 비참하군. 우리 속에 들어가지 않는 한 너를 만질 수 없었다. 그뒤 나는 종종 동물원에 갔다.

외눈박이

너를 보고 온 어느 날 이런 단어를 적었다.

광기와 우울

홍학사를 맴돌다가 우연히 교수를 만난 적도 있었다. 대학교에 다닐 때 내게 문학을 가르쳐준 사람이었다. 학교를 떠난 지 오래되었지만 그는 예전이나 지금이나 늙어 보였다. 교수는 젊은 여자와 손을 잡고 있었다. 나는 손녀냐고 물었고, 교수는 애인이라고 했다. 나는 부럽다고 했다. 우리는 잠시 웃었다. 악수도 나눴다. 교수는 손이 왜 이리 차냐고 했고, 나는 잘 모르겠다고 했다. 그는 내게 파충류나 양서류 같다고 했다. 우리는 또 웃었다.

화창한 날이었다. 햇빛을 받은 네 붉은 빛깔이 일렁이며 나를 유혹했다. 나는 너를 흘긋흘긋 훔쳐보며 교수와 대화를 나눴다. 교수는 대체 얼마 만에 동물원에서 데이트를 하는 건지 모르겠다고 했다. 나는 그러냐고 했다. 교수는 너는 데이트를 하는 것도 아닌데 동물원에는 웬일이냐고 했다. 나는 머리를 굴렸다. 교수는 씩 웃었다. 나는 딱히 둘러댈 말이 떠오르지 않아서 별다른 이유 없이 가끔 동물원에 온다고 했다. 교수는 그런 식으로 말하는 건 여전하다고 했다. 나는 왠지 모르게 불쑥 화가 나서 선생님도 모든 걸 다 알고 있다는 듯 말하는 건 여전하다고 했다. 그러자 교수가 나를 살기 어린 눈으로 바라보기 시작했다. 교수의 애인이 나를 이상한 눈으로 바라봤다. 인공 호수에서 걱정스러운 눈으로 이 상황을 지켜보는 네가 보였다. 너는 겁에 질린 듯 몸을 떨고 있었다. 교수와 나 사이에 감도는 묘한 기류를 눈치챈 것 같았다. 그때 교수가 내 시선을 따라 네가 서 있는 곳을 노려봤다. 어쩌면 네 존재를 눈치챘을지도 모른다.

피해.

나는 입 모양으로 네게 말했다.

가능하면 멀리.

다시 속삭였다. 너는 내 눈치를 보더니 겅중겅중 걸어서 무리 속으로 들어가버렸다. 무리 속에서도 네 모습은 한눈에 들어왔다. 너는 초조한 표정으로 이쪽을 살피고 있었다.

걱정과는 달리 아무 일도 일어나지 않았다. 우리가 무슨 이야기를 주고받았는지 기억나진 않지만 교수가 끊임없이 껄껄 웃어댄 건 지금도 눈에 선하다. 나도 교수의 웃음을 따라 껄껄 웃었다. 여기저기에서 동물이 내는 소리가 들렸고, 동물을 구경하는 사람이 내는 소리도 들렸다. 동물이 내는 소리도 사람이 내는 소리도 아닌 소리들도 들렸다. 교수는 무슨 일이 있길래 얼굴 보기가 이렇게 힘드냐고 물었다. 나는 그동안 우울증에 시달렸다고 했다. 교수는 고개를 끄덕이더니 그럴 줄 알았다며 얼마 전에 발표한 소설을 봤는데 침울한 기운이 서려 있었다고 했다. 정신 어지럽게 너무 난해하다고 했다. 그런 장난은 그만두라고 했다. 나는 장난이 아니라고 했다. 그건 내 습관이거나 일상일지도 모른다고 했다. 교수는 우울증이 자기기만의 일종이라며 어쨌건 네 소설은 좋은 소설이 아니라고 했다. 교수의 애인은 당연한 말이라는 듯 고개를 끄덕였다. 나는 좋은 소설이 무엇이고 나쁜 소설이 무엇이냐고 따져 물었다. 교수는 레프 톨스토이의 『전쟁과 평화』를 다시 한번 천천히 읽어보라고 했다. 그럼 된다고 했다. 그게 소설이라고 했다. 그게 인생이라고 했다. 나는 교수의 말을 흘려들으며 너를 바라봤다. 너는 부리로 바닥을 헤집으며 사육사가 준 먹이를 먹고 있었다.

말발굽
등대
방망이

나는 네 모습을 보며 몇 가지 단어를 떠올렸다. 그사이에도 교수는 계속 떠들고 있었다. 그는 좋은 소설을 쓸 자신이 없으면 돈이라도 벌게 영화화가 될 만한 소설을 쓰거나 아예 처음부터 시나리오를 쓰라고 했다.

그럼 선생님은 제게 무엇을 가르쳤던 건가요?

내가 물었다.

저는 무엇을 배운 건가요?

내가 또 물었다.

넌 어차피 지금도 배운 대로 하고 있지 않잖아.

교수는 이렇게 말하며 웃었다. 그의 애인도 웃었다.

나태함, 달무리

홍학 무리는 인공 호수 주변을 빙빙 돌고 있었다. 너도 나를 곁눈질하며 빙빙 돌고 있었다. 황금. 목걸이.

며칠 뒤 교수에게 연락이 왔다. 교수는 광기와 우울은 전염되니까 조심하라고 했다.

원자력발전소

일주일에 두어 명의 사람들이 펜션을 찾는다. 대부분 저수지 한편에 마련된 낚시터를 찾는 사람들이다. 그들이 오면 나는 없는 척한다. 홍학이 된 모습을 들키고 싶지 않기 때문이다. 그들이 돌아가면 나는 경계를 풀고 다시 홍학이 된다. 나는 안전하다. 불안하지만 안전하다고 생각한다. 불안하지만 안전하다고 생각하면서 다시 불안에 떤다. 버릇이다.

다행히도 시간이 흐를수록 방문객은 줄어들고 있다. 저수지 너머로 보이는 원자력발전소 때문이다. 원자력발전소는 외삼촌이 펜션을 짓고 난 뒤 들어섰다.

방사능은 사람들을 내쫓았다. 하천을 따라 옹기종기 모여 살던 사람들은 어딘가로 흩어졌다. 이제 상점도 하나뿐이고, 도로도 텅 비어 있었다. 시내까지 가는 동안 아무도 만나지 못한 적도 많았다.

원자력발전소는 높은 담이 가로막고 있고 경비도 삼엄해서 다가가기 힘들다. 증기나 방사능이 유출되는 사고도 빈번하게 발생해서 모두 가까이 다가가길 꺼린다. 원자력발전소 가는 길에 늘어선 빽빽한 풀숲에서는 가끔 시체도 발견된다. 혹시 이 글을 읽고 내가 제정신이 아니라고 오해할까봐 말하는데 나와 전혀 관련 없는 시체다.

나 역시 원자력발전소에 직접 가본 적은 없다. 상상해본 적은 많다. 거머리. 대머리 여가수.

원자력발전소에 대한 소문도 많다. 원자력발전소는 미생물처럼 증식하고 유령처럼 여기저기 떠돈다. 사실 원자력발전소는 이슬람사원이다. 우주정거장이다. 여기는 화성이다. 나의 몸속이다. 너의 심장이다. 나는 고독하다. 나는 물방개다.

외삼촌은 원자력발전소를 증오했다. 외삼촌은 죽기 전까지도 자신이 이토록 쓸쓸하게 사는 것에 대해 원자력발전소를 탓했다. 나는 외삼촌의 죽음이 그 대가라고 생각한다.

꼬리 밟은 도마뱀
머루를 문 소년
멸망과 사각형

나는 가끔 외삼촌의 외로움을 상상하며 글을 끼적이기도 한다.

나는 외삼촌과 다르다. 원자력발전소가 마음에 든다. 외로움. 슬픔. 불안. 원자력발전소는 글을 쓸 때 필요한 감정을 생성한다. 바라보고 있기만 해도 머릿속에 영감이 흘러넘친다.

너에 대한 기대도 품게 만든다. 동물원에 가지 못한 날은 너를 상상하며 시간을 보냈는데, 언제부턴가 원자력발전소 근처에 홍학이 보이기 시작했다. 어렴풋한 잔상들은 어느 순간 그럴듯한 실체가 돼버렸다. 어느 날은 홍학 한 마리가 부리를 치켜들고 있다. 어느 날은 몇 마리가 한 발을 든 특유의 자세로 잠을 자고 있다. 어느 날은 수컷과 암컷이 줄타기를 하는 것처럼 위태롭게 담장 위를 걷고 있다. 어느 날은 수많은 홍학들이 원자력발전소의 둥근 지붕 위에 앉아 있다. 어느 날은 서로 물고 뜯으며 소란을 피운다. 도깨비. 그림자. 홍학들이 날개를 활짝 펴고 하늘을 날아다닌다. 국경. 빈병. 혜성. 아직 너를 보지는 못했다. 아무리 상상해도 너는 쉽게 모습을 드러내지 않는다.

홍학은 진흙을 긁어모아 원뿔형 둥지를 만든다. 짝짓기를 한 뒤 그 둥지에 알을 낳는다. 둥지 없이는 홍학도 없다. 둥지는 홍학의 숙명이다.

원자력발전소는 네 둥지다. 나는 너를 만난 뒤부터 원자력발전소를 둥지라고 부른다. 진정한 둥지라고 부른다. 거대한 둥지라고 부른다. 참다운 둥지라고 부른다. 아름답지만 추한 둥지라고 부른다. 저주가 깃든 둥지라고 부르고 축복을 기원하는 둥지라고 부른다. 이성과 본능이 싸우고 있는 둥지라고 부른다. 슬픔과 환희가 공존하는 둥지라고 부른다. 망각의 둥지. 폭발적인 둥지. 토끼가 좋아하는 둥지. 시금치 맛이 나는 둥지. 너를 닮은 둥지.

그 외에도 내가 미소짓는 모습이 잘 어울리는 둥지를 좋아하는 이유는 많다.

—(　　　　　) 둥지는 논리적이지 않다

—(　　　　　) 둥지는 시간을 낭비한다

—(　　　　　) 둥지는 비를 좋아한다
—(　　　　　) 둥지는 나를 싫어하지 않는다
—(　　　　　) 둥지는 찰스 부코스키다
—(　　　　　) 둥지는 가파르지 않고 단단하다
—(　　　　　) 둥지는 사랑을 모른다
—(　　　　　) 둥지는 과학적이면서 과학적이지 않다
—(　　　　　) 둥지는 노래를 부르지 않는다
—(　　　　　) 둥지는 말을 걸지 않는다
—(　　　　　) 둥지는 궁금한 게 없다

결정적으로 모든 일에 쉽게 지치고 마는 둥지는 사람들이 내게 다가오지 않게 한다. 나는 사람들과 가까이 있는 게 께름칙하다. 대부분의 동물이 그렇듯 홍학도 사람을 싫어하기 때문이다. 나는 고집 센 둥지 덕분에 마음놓고 홍학의 시간을 보낸다.

그런데 요새 들어 내 사생활을 방해하는 자가 하나 있다. 그는 사흘에 한 번꼴로 110을 두드린다. 그가 오면 나는 홍학이라는 것을 숨긴다. 내가 살아 있다는 것을, 내가 이 세상에 존재한다는 것을, 내가 숨었다는 것을 숨긴다.

지금도 그가 문을 두드리고 있다. 옷매무새를 가다듬고 숨을 고른 뒤 문을 열어준다. 그가 서 있다. 머리가 하얗게 셌지만 기골이 장대한 노인이다. 나는 노인에게 인간의 인사를 건넨다. 노인은 희미하게 웃으며 인간의 언어로 인사를 받아준다.

물수리는 홍학의 천적이다. 나는 그 노인을 물수리라고 부른다. 그를 처음 보는 순간 물수리라는 걸 직감했다. 그는 사람의 체취가 아니라 물수리의 체취를 풍긴다. 그에게 내 존재를 들킨다면, 나는 날카로운 부리와 강인한 발톱에 찢겨나갈 것이다. 나는 언제 그에게서 달아날지 그 순간만 엿보는 중이다.

물수리는 외삼촌만큼이나 다정한 둥지를 싫어한다. 물수리는 이 동네에 있는 자그마한 햄버거가게 사장이다. 물수리는 나를 볼 때마다 예전만큼 햄버거가 팔리지 않는다고 넋두리를 한다. 미국을 동경하는 둥지가 햄버거를 먹는 사람들을 빼앗아갔다고 생각한다. 그렇게 사교적인 둥지를 원망하면 물수리도 외삼촌처럼 고독하게 살다가 객사할 게 빤하다.

외삼촌이 물수리가 오래전 사고로 어린 딸을 잃은 뒤 미쳐버렸다고 말해줬던 게 기억난다.

불쌍한 노인네.

그때 외삼촌이 말했다.

쓸모없는 늙은이들.

나는 외삼촌과 물수리를 떠올리며 중얼거린다.

물수리는 에메랄드 둥지를 철거하기 위해 힘을 모아야 한다고 주장한다. 사람처럼 살기 위해서는 저 방사능 덩어리를 몰아내야 한다고 말한다. 내가 듣는 둥 마는 둥 하자 물수리는 나를 쏘아본다. 아래위로 훑어보고 내 마음속을 들여다보려고 한다. 내 몸속에 깃든 홍학의 피, 내 피부에 각인된 유전자의 종류를 훔쳐보려고 한다.

나는 홍학이 아니다.

나는 더 깊숙이 숨기 위해 중얼거린다. 다행히도 물수리는 아직 내 존재를 의심하지 않는다. 그의 의견에 동의하는 척하며 서명을 해주었기 때문이다.

왜 매콤한 둥지를 없애려고 하지?

물수리가 돌아간 뒤 머릿속에 의문이 맴돈다. 나는 고소공포증이 심한 둥지가 두어 채 더 들어섰으면 한다. 그럼 다른 사람들처럼 물수리도 체념하고 사라져버릴 것이다. 푸르스름한 둥지에 간섭하는 인간이 없다면 온 세상은 금세 말벌이 들끓는 둥지로 가득찰 것이다. 그럼 인류는 오갈 데가 없어서 결국 멸종해버릴 것이고 오래지 않아 절대적인 평화가 찾아올 것이다.

나는 의뭉스러운 둥지가 빽빽이 들어찬 세상을 머릿속에 그린다. 우르르 몰려다니기 좋아하는 둥지 곳곳에 알을 낳는 너를 상상하기 위해.

비밀

홍학에 관한 것 이외에도 비밀이 몇 가지 더 있다. 지극히 사적인 이야기로, 다시 생각해보니 거창하게 비밀이라고 할 것까지도 없을 것 같다.

그중 하나. 사실 나는 서른이 넘어서야 겨우 첫 섹스를 했다. 또래에 비하면 늦은 나이였다. 시인들은 섹스에 대한 시를 썼다. 작가들은 에로틱한 순간을 묘사했다. 그들이 부러웠지만 서른이 넘을 때까지 내게는 좀처럼 기회가 없었다.

그러나 첫 경험이 늦은 건 숨길 일도 아니다. 이제부터 말하는 게 비밀이다. 섹스 상대는 여자가 아니었다. 남자도 아니었다. 어린아이도 아니고 노인도 아니었다. 상대는 이웃집에서 기르던 개였다. 도베르만과 불독의 잡종으로 커다란 머리에 긴 다리를 갖고 있는 암컷이었다. 개의 이름은 버지니아였다.

나는 도시락 배달 소년이다

엄마는 도시락을 포장하며 주기도문을 외운다

다 큰 남자들은 포탄을 입에 넣고 전장으로 나선다
양은통을 머리에 쓴 남자가 바로 엄마의 정부다

나는 도시락을 잔뜩 들고 십자가 모양의 길을 걷는다
모과향이 나는 쇠붙이들이 도시락 속에 떨어진다

페인트 공장에서 나온 여자들이 무덤가에 누운 채 나를 기다린다
나는 파란색 페인트가 유륜에 묻은 여자를 고른다
여자는 내가 자라면 염세주의자가 될 것이라고 말한다

나는 크리스마스 선물로 옥색 목도리를 받고 싶다고 기도한다
희망이 지름길로 뒷걸음질치는 것을 지켜본다

엄마의 정부가 양은통을 씌워주며 엄마의 자살 소식을 전한다
세계가 나를 받아들이는 중이다

나는 버지니아와 섹스를 한 뒤 쓴 시를 기억한다. 이 어설픈 시에 대한 낭만과 추억 따위는 없다. 내게 섹스는 양은통을 뒤집어쓴 절망이었다. 나는 이 시를 아무에게도 보여주지 않았다. 당신이 처음 읽은 것이다. 그때 너와 첫 관계를 맺었다면 어떤 시를 썼을까. 조금 궁금하다.

또다른 비밀은 저수지에 있다. 나는 버티고 버티다가 돈이 떨어지

면 손님을 받았다. 낚시꾼 외에도 누군가에게 쫓기는 사람이나 누군가를 쫓는 사람에게 방을 빌려준다. 수상한 관계로 추정되는 남자와 여자, 남자와 남자, 여자와 여자, 노인과 어린아이에게 방을 빌려준다. 그들은 인적이 드문 이곳으로 비밀을 안고 찾아온다. 나는 비밀을 캐묻지 않는다. 물론 털어놓지도 않는다.

전 어때요?

손님이 여자를 찾으면 물어본다. 손님이 여자더라도 이렇게 묻는다. 상대가 원하면 성기를 핥아주고 돈을 더 받는다. 나는 아무렇지도 않다. 어차피 내게 인간은 다른 종족이다. 잠자리. 핫도그. 아니, 메밀. 안마기. 전자레인지.

돈을 받고 보트를 태워주기도 한다. 그들은 보트를 타고 저수지를 떠다니며 낚시를 한다. 술을 마시거나 낮잠을 잔다. 자신의 인생에 대해 이야기하거나 울며 하소연을 한다. 여기까진 딱히 불만이 없다.

나이는?

이름은?

결혼은 했나?

젊은 사람이 왜 여기서 이러고 있나?

이렇게 질문을 해대는 이들이 성가시긴 하지만 나는 그렇게 고지식하지 않다. 대강 꾸며서 대답하면 된다.

가장 곤혹스러웠던 건 내 정체를 눈치챈 사람을 만났을 때였다. 딱 한 번 그런 경우가 있었다.

작년 가을 점쟁이가 펜션에 묵은 적이 있었다. 그는 사흘을 묵었는데, 이틀 동안 모습을 드러내지 않다가 마지막날 보트에 탔다. 그는 요새 점괘가 맞지 않는다며 머리를 식히러 여기까지 흘러들어왔다고 했다. 운명에게 쫓기거나 운명을 쫓는 사람이었다.

글을 쓰는 사람이지?

그가 물었다. 그의 점괘는 틀렸다. 우선 나는 사람이 아니다. 그리고 글을 쓰는 게 아니라 홍학의 말을 옮길 뿐이다. 나는 안심한 채 고개를 끄덕였다. 그는 만족한 듯 입가에 웃음을 띤 채 자신의 이야기를 늘어놓기 시작했다. 나는 그의 이야기를 흘려들으며 보트 방향을 잡았다.

죽음의 그림자.

잠시 뒤 그가 속삭였다. 내가 무슨 말이냐고 되물었다.

죽음의 그림자가 드리워져 있어.

그가 나를 뚫어져라 바라보며 중얼거렸다. 내 운명 앞에 거대한 죽음의 그림자가 보인다는 것이었다. 그는 내가 머지않아 살인을 하거나 살해당할 거라고 했다. 나는 그의 말을 잠자코 듣고 있었다. 그는 신이 나서 내 운명에 대해 계속 지껄였다.

당신 사람이 아니지?

어느 순간 그가 물었다. 나는 그를 바라봤다. 그는 사색이 돼 있었다. 나는 주위를 살폈다. 아무도 없었다. 배배 꼬인 둥지의 홍학들도 보이지 않았다.

그날 나는 그를 저수지에 밀어넣었다. 이게 아무도 모르는 비밀이다. 그의 점괘는 맞았다.

이제 내 운명을 아는 사람은 없다. 나는 비밀이 많다.

징후

이것도 비밀인데, 홍학이 된 이후 내 육신은 점점 붉어지고 있다.

이상: 인간의 붉은 몸
정상: 홍학의 붉은 몸

몸 여기저기에서 작은 두드러기가 올라온다. 나는 책을 보다가도 글을 쓰다가도 잠을 자다가도 밥을 먹다가도 몸을 긁는다. 처음에는 가려워서 긁었는데 이제는 습관적으로 몸을 긁다가 더 가려워진다. 고통스러워서 글을 썼는데 이제는 습관적으로 글을 쓰다가 더 고통스러워진다. 비슷한 이치다.

긁으면 몸이 붉어지기 시작한다. 나는 더 세게 긁는다. 온몸이 새빨갛게 부어오르면 신이 난다. 콧노래를 부른다. 머리를 흔든다. 허리를 돌린다. 발을 구른다. 춤을 추며 홍학의 뇌를 휘젓는다. 그다음에는 붉게 부풀어오른 알몸을 거울에 비춰본다. 이 상태로 네게 가고 싶다는 상상을 한다.

그러나 나는 아직 날개가 없다. 날갯짓을 해봤지만 날지 못한다. 깃털이 없다. 만질만질한 피부뿐이다. 부리가 없다. 연약한 입술뿐이다. 나는 지긋지긋한 포유류의 육체를 지니고 있다.

또 나는 인간처럼 피부과에 다닌다.

불치병입니다. 이제 완전한 홍학이군요.

의사에게 이런 말을 듣고 싶어서다.

심신이 지쳐서 면역력이 많이 떨어진 상태입니다.

그런데 의사는 두드러기에 대해 늘 똑같이 진단한다. 나는 하루에 여덟 시간씩 잔다고 말한다.

작가라면서요? 글을 쓰느라 스트레스를 많이 받아서 그럴 거예요.

의사는 별일 아니라는 듯 시큰둥하게 말하며 전과 같은 처방전을 건넨다. 나는 병원에서 벗어나자마자 처방전을 구겨버린다. 왠지 이 약만 피하면 완벽한 홍학이 될 수 있다는 느낌이 든다. 한편으로는 피부과에 다녀오면 내가 아직 의사의 진단에 의지하는 나약한 인간이라는 생각이 들어 비참해지기도 한다. 그런 날이면 나는 걷잡을 수 없이 우울해진다. 그래도 슬피 우는 둥지를 보며 몸을 긁으면 기분이 좀 나아진다. 얼마 전에도 병원에 다녀와서 허무맹랑한 농담을 즐겨하는 둥지를 보며 몸을 긁고 있었다. 건강한 치아를 갖고 있는 둥지 위에 홍학들이 앉아 있었다. 아무리 찾아도 너는 없었다. 네가 있는 것을 상상하자 발기가 됐다. 금세 사정을 해버렸다. 나는 이게 내가 홍학이 되고 있다는 징후로 느껴져 안심이 됐다.

폰섹스

—수컷. 24세. 타이베이. 유학생. 화가. 말레이시아 태생. 그는 올해 초 죽었다. 자살이라고 하지만 분명 타살이다. 그는 징메이 야시장景美夜市의 후미진 골목에서 총을 맞았다. 나는 꿈결에 총성을 들었다. 다섯 발. 아니, 여섯 발.

—암컷. 37세. 타이베이. 외교부 서기관. 거식증. 편집증. 그는 코카인에 중독됐다. 빌어먹을, 그래서 그와 더이상 대화할 수 없다. 좋은 대화 상대였는데.

대만에 있는 홍학은 서른일곱 마리다. 타이베이에는 홍학 두 마리가 산다. 아니, 사는 게 아니다. 하나는 죽었고 하나는 마약중독자. 마약중독자도 인간 노릇을 할 수 없으니 죽었다고 해야 하나. 사형선고. 탕. 탕. 탕.

나는 홍학들과 텔레파시를 주고받을 수 있다. 타이베이의 홍학들과도 수차례 주고받았다. 그들이 살아 있을 때 실제로 만나기도 했다. 내가 가거나 그들이 왔지. 나는 그들과 이야기를 나누는 걸 좋아했다. 정치와 문학에 대해. 먹이와 짝짓기에 대해. 대화가 아주 잘 통했다. 차도 마시고 밥도 먹었지. 술도 마시고 밤거리도 걸었다. 영화도 보고 포옹도 했지. 그들은 생각보다 좋은 놈들이었다. 의리 있고 착한 놈들이었지. 나를 위해 울어주기도 했고, 진심으로 위로해주기도 했다. 세상을 살 만한 놈들이었지. 그럭저럭. 그래, 그럭저럭 인간처럼 말이다.

근데 왜 죽었지? 왜 마약에 중독됐지? 나는 안다. 인간의 한계 때문이다. 인간에서 벗어나서 홍학이 되고 싶었기 때문이지. 한편으로는 인간이 아니라는 걸 인정해야 하는데 그게 힘들었겠지. 그런 놈들은 총에 맞거나 마약에 중독될 수밖에 없다. 그렇다고 다 홍학이 될 수 있는 건 아니다. 그런 감수성과 태도가 있어야지. 그건 갖고 싶다고 손에 넣을 수 있는 게 아니다. 타고나는 거지.

네 말이 들리지 않는다. 네가 사는 그곳 풍경을 묘사해봐. 나는 왼손잡이가 아니다. 다래끼가 자주 난다. 눈을 뜰 수 없게 됐을 때 나는 그 시간이 좋다. 다래끼가 나지 않았을 때도 다래끼가 난 것처럼 눈을 감고 있지. 하늘을 날고 싶거나 나무가 되고 싶진 않아. 동물원에 살고 싶다. 이곳에서 나는 따돌림을 당하고 있다. 아무래도 내가 사람이 아니라는 걸 눈치챈 거지. 집에서 나를 기다릴래? 하늘색 셔츠를 입은 마른 여자가 나다. 날개를 휘적휘적 흔들고 있을게.

나는 전화기에 대고 말한다. 상대방은 아무 말이 없다. 폰섹스 회사에 전화를 걸어 무작위로 연결된 상대이다.

거기 있지?

내가 묻는다.

내 말 듣고 있지?

내가 또 묻는다.

나는 사실 홍학이다.

나는 말한다. 상대방은 여전히 아무 말이 없다.

이번엔 대만인의 거대한 성기에 대해 말해줄까? 그들의 성기가 왜 그렇게 거대해졌는지. 대만의 홍학들이 거대한 성기를 입에 넣고 얼마나 겁을 집어먹었는지.

나는 또 말한다.

이 나라에도 수많은 홍학들이 있다. 나는 그들에게 텔레파시를 보냈다. 죽어버려. 그들이 내게 텔레파시를 보냈다. 널 죽일 거야.

나는 중얼거린다. 상대의 숨소리가 조그맣게 들린다.

나는 네 유골을 도둑질했어
욕조 속에서 홍학이 걸어나왔어
나는 도둑질에 금세 질려버렸다
그뒤 나는 타이베이를 떠돌았고 두 마리의 홍학을 만났다

나는 그들을 떠올리며 쓴 시를 읊는다. 상대가 나보고 제정신이 아니라고 한다. 나는 소리를 지른다. 상대는 비명을 지른다. 나는 더 크게 소리를 지른다. 상대는 전화를 끊는다. 네가 아니로군.

네가 아니로군.

홍학과 나

나는 홍학이 어떻게 생겼는지 모른다
홍학이 하늘을 날지 못하는 새라고 생각한다
홍학이 부리를 갖고 있지 않다고 생각한다

나는 딸을 낳았다 곧 두번째 딸도 낳았다
나는 살아 있는 딸들을 무덤에 묻었다

사용 금지

이 개자식아, 홍학은 동성애자야
딸들은 속삭였다

이 일기를 되도록이면 눈에 띄지 않게 적고 싶었다
그러나 그러지 못했다

두 딸처럼 아무 의미 없기 때문이다

시소
수건
사용처

나는 홍학을 잊지 못한다
내게도 엄마가 있었나
나는 나를 낳았고
두 딸은 홍학을 낳았다

나는 딸들과 함께 토마토 스파게티를 먹었다
겨울 이불을 폈고 딸들과 함께 누웠다
두 딸은 홍학의 몸에서도 젖이 나오냐고 물었다

일기

들어주는 사람이 있으면 나도 모르게 자꾸만 비밀을 털어놓게 된다. 낯선 경험이긴 하지만 상상했던 것만큼 불안하지는 않다.

비밀이 또하나 있다. 나는 얼마 전부터 109에서 여자아이를 하나 기른다. 아이는 지금 당장은 홍학이 아니지만 언젠가 자신도 모르게 홍학이 될지도 모른다. 물론 홍학과 아무런 관련이 없는 삶을 살게 될 가능성이 더 높다. 고리타분하게 선택이나 운명에 대해 이야기하는 것은 아니다.

5월 9일

그 아이는 내가 홍학이란 걸 아는 유일한 사람이다. 예감이다. 그 아이를 보는 순간 가까운 미래에 그렇게 될 거란 예감이 들었다. 예감이 맞을지 틀릴지 아직까진 모르겠지만.

아이를 만난 건 이른 아침이었다. 이렇게 이른 시간이라면 혹시 네가 부스스한 둥지에 있지 않을까. 나는 이런 기대를 안고 저수지를 맴돌고 있었다. 그러나 자애로운 둥지에는 생면부지의 늙은 홍학만 눈을 끔뻑이고 있을 뿐이었다.

돌아오는 길에 생전 처음 보는 여자아이 하나가 보트에서 잠들어 있는 게 보였다. 아이의 몰골은 볼품없었고 옷은 흙먼지투성이였다. 야들야들한 뺨에는 눈물 자국도 나 있었다. 나는 보트 안으로 들어갔다. 보트는 차가웠고, 아이도 차가웠다.

주위에는 아무도 없었다. 아이를 안아 들었다. 미세하게 느껴지는 인간의 체취. 나는 본능적으로 겁이 났다. 아이는 홍학이 아니다. 이 아이는 나나 너와는 다르다.

누구인가?

내가 물었다. 아이의 이름은 DB. 내가 몇 번을 묻자 DB는 눈을 비비면서 일어났다. 아이는 울기 시작했다. 내가 어쩔 줄 몰라하는 사이 아이가 안아달라는 듯 팔을 벌렸다. 나는 얼떨결에 아이를 꼭 안아주었다. 경계심이 풀어졌다. 아이는 미지근해졌다. 얼마 지나지 않아 DB가 눈물을 멈추고 꼼지락거리기 시작했다. 아이가 뱀처럼 내 품을 기어다니는 것 같았다.

누구란 말인가?

나는 속삭였다.

보트가 낳은 아이인가?

왜 여기에서 자고 있는 거지?

왜 그렇게 슬픈 표정을 짓고 있지?

왜 내게 안긴 거지?

질문을 퍼부었다. 아이는 대답이 없었다. 아이는 뜨거워졌다. 아이는 내 목덜미를 기어다니고 있었다. 사타구니와 등을, 심장과 혈관을, 허벅지와 팔목을, 입과 눈과 귀를, 머리통과 목을, 뇌와 내장을, 부리와 날갯죽지를, 깃털과 깃털 사이를.

다시 묻겠다. 누구인가?

내가 물었다. DB는 입을 열지 않았다. 나는 DB의 눈을 바라봤다. DB도 나를 물끄러미 바라봤다.

마지막으로 묻겠다. 대체 누구인가?

내가 물었다. 답답해서 그런지 나도 모르는 사이 목소리가 커져 있었다. DB는 입을 달싹이다가 목놓아 울기 시작했다.

당나귀

그게 아니면 사마귀

아무리 달래도 DB는 눈물을 그치지 않았다. 나는 왜 우냐고 물었다. DB는 내 질문에는 대답하지 않고 햄버거를 먹고 싶다고 했다.

DB : 디럭스 버거Deluxe Burger

햄버거를 사다주자 DB는 눈물을 그쳤다. DB는 자신의 얼굴보다 큰 디럭스 버거를 순식간에 먹어치웠다. 그날 밤 나는 아이를 재우느라 109에 머물렀다.

5월 10일

하루종일 110과 109를 오갔다.

홍학의 뇌 ↔ 인간의 뇌

DB는 저녁 무렵이 돼서야 깨어났다. DB는 나를 보자마자 햄버거를 먹고 싶다고 했다. 나는 햄버거를 사왔다. DB는 낯을 많이 가려서 햄버거를 먹을 때만 간신히 대화를 나눌 수 있었다. 햄버거를 다 먹자 DB는 입을 다물고 다시 잠들었다.

나이: 11세

키와 가슴과 엉덩이가 작다. 2차성징이 조금 진행됐다. 성인이 되기엔 시간이 많이 남았다. 나는 DB를 파악했다.

이건 명심해야 한다. DB는 홍학이 아니다. 설혹 홍학이더라도 홍학이 되기에는 너무 어리다.

인간의 아이. 하루종일 먹고 자는 인간의 아이. 저주받은 생명체. DB는 왜 내게 온 걸까? DB는 왜 내게 안겨 운 걸까? 나는 궁금한 게 너무 많다.

그날 나는 몇 문장을 썼다.

계단을 내려가면 볼링공이 있다

눈물을 향해 발을 굴러

5월 11일

물수리는 쉴새없이 햄버거를 만든다. 빵과 빵 사이에 다진 고기와 양상추를 끼워넣는다. 자신의 깃털을 얹는다. 목숨과 외로움을 곁들인다. 태생과 두려움 위에 소스를 뿌린다. 피. 달콤하고 비릿하다.

요새 자주 오네?

물수리가 알은척한다. 희미한 긴장감이 감돈다. 내가 다가가자 그는 킁킁거리며 냄새를 맡는다.

나는 홍학이 아니다.

나는 정체를 감추기 위해 인간의 뇌를 굴린다. 물수리는 언제나처럼 햄버거가 팔리지 않아서 걱정이라고 한다. 어김없이 모든 게 엉망진창으로 망가진 둥지가 주민들을 내쫓았기 때문이라고 한탄한다. 햄버거가 물수리 둥지 곳곳에 켜켜이 쌓여 있는 게 눈에 들어온다.

햄버거는 미끼다. 물병에 담긴 둥지는 아무런 잘못이 없다. 사람들이 이곳에 오지 않는 이유는 여기가 낡고 허름한 햄버거가게이기 때문이다. 퀴퀴한데다가 서너 가지 메뉴밖에 없기 때문이다. 시내에 있는 프랜차이즈 패스트푸드점이 훨씬 장사가 잘됐다. 메뉴도 많았고 여름이면 추웠고 겨울이면 더웠다. 번식력이 좋은 젊은 사람들이 햄버거를 나눠줬다.

DB처럼 물수리의 햄버거가 맛있다고 하는 사람은 흔하지 않다.

DB, 여기 햄버거가 왜 좋아?

단순하고 공고한 햄버거. 동그란 햄버거. 크고 튼튼한 햄버거. 절대적인 햄버거. 무너지지 않는 햄버거. DB가 좋아하는 햄버거.

내가 물으면 DB가 햄버거를 우물거리며 답한다.

디럭스 버거: 소고기, 빵, 최소한의 소스

나는 디럭스 버거를 주문한다. 물수리는 내게 씩 웃어 보이곤 햄버거를 만들기 시작한다.

둥근 빵

치즈

고기 패티

양상추

소스

둥근 빵

5월 12일

나는 홍학이다.

DB에게 텔레파시를 보냈다.

5월 13일

하루를 기다린 끝에 DB에게 답신이 왔다.

햄버거가 필요하다.

5월 14일

햄버거 고마워요. 아저씨도 옆에 앉아요. 멀뚱거리며 서 있지 말고요. 아저씨도 낯을 많이 가리죠? 나도 그래요. 아저씨와 처음 만난 날 아저씨는 내가 누구냐고 무서운 표정으로 다그쳤지요. 아저씨가 나를 싫어하는 줄 알고 울었잖아요. 그런데 알고 보니 아저씨는 정말 좋은 사람이에요. 이렇게 매일매일 햄버거를 사다주잖아요. 나는 사실 수다쟁이예요.

나는 햄버거를 좋아해요. 죽기 전에 이 세상에 있는 모든 햄버거를 먹어보는 게 소원이에요. 쓱싹쓱싹. 직접 만들어도 되지요. 햄버거는 그 안에 어떤 것을 넣어도 햄버거가 아닐까요? 동그란 빵으로 위아래를 감싸면 모두 햄버거라고 부르는 거 아니겠어요?

꽃가루 햄버거. 죽은 쥐 햄버거. 립스틱 햄버거. 풍뎅이 햄버거. 민들레 햄버거. 백과사전 햄버거. 다이아몬드 햄버거. 은행나무 햄버거. 은박지 햄버거. 고운 모래 햄버거. 두더지 햄버거. 개미집 햄버거. 거머리 햄버거. 골목길 햄버거. 스케이트 햄버거. 얼음 햄버거. 파란색

물감 햄버거. 뭉게구름 햄버거. 안개 햄버거. 햇빛 햄버거.

나는 모든 걸 넣어 먹을 거예요. 내가 아는 모든 걸. 내가 기억하는 모든 걸. 내가 원하는 모든 걸. 충분히 가능한 일이에요. 아빠가 그랬어요. 상상이 끝나면 죽은 거라고.

나는 아빠와 똑같이 생겼어요. 웃는 얼굴. 찡그린 얼굴. 우는 얼굴. 닮았다는 이야기를 많이 들었어요. 난 좋아요. 나는 아빠를 좋아해요. 아빠도 햄버거를 매일매일 사다주었거든요.

아빠는 저기 보이는 원자력발전소 경비원이었어요. 우리집. 궁전 같은 우리집. 아무도 갖지 못하는 우리집. 나는 아빠한테 저 집에서 살고 싶다고 졸랐어요. 아빠는 씩 웃으며 돈을 많이 벌어서 꼭 저 집에서 살자고 달래주었죠. 자상한 우리 아빠. 나는 친구들에게 자랑했어요. 언젠가 저 커다란 집이 우리집이 될 거야.

그런데 어느 날 아빠가 사라졌어요. 아무런 말도 없이 그럴 리가 없는데. 화장실에 갈 때도 내가 무서워할까봐 화장실에 다녀온다고 말하고 가던 아빠였는데. 아무 말도 없이 집에 들어오지 않았어요. 퇴근길에 햄버거를 사오겠다고 하고 출근했는데. 뽀뽀를 해주면서 사랑한다고 속삭였는데. 아빠는 내 곁으로 돌아오지 않았어요. 다음날도, 그 다음날도. 다음날도, 그다음날도.

일주일 동안이나 햄버거를 못 먹었을 때 나는 집을 벗어났어요. 아빠를 직접 찾아나섰어요. 원자력발전소 근처를 떠돌았어요. 아빠랑 같이 일하던 아저씨들에게 물었어요. 아빠는 어디 있나요? 아빠가 사라졌어요. 아빠가 햄버거를 사온다고 하고 집에 오지 않았어요. 아저씨들은 내 머리를 쓰다듬어주었어요. 기다리지 않아도 된다. 가여워서 어떻게 하니. 울지 마라 얘야. 저 괴물이 아빠를 잡아먹었단다. 다시는 여기 얼씬거리지 말거라. 저 괴물이 너도 잡아먹을지 몰라. 아저씨들은 원자력발전소에서 작은 사고가 났다고 했어요. 사고 때문에 아빠가 죽었다고 했어요. 감춰야만 하는 불미스러운 사고라 아무도 너에게 말해주지 않을 거라고 일단 알고만 있으라고 했어요. 근데 나는 알아요. 거짓말쟁이들. 아빠는 죽지 않았어요. 아빠는 내게 아무 말 없이 떠날 사람이 아니에요. 그렇게 무책임한 사람이 아니라고요. 아빠는 저 거대한 미로 속에서 길을 잃었을 거예요. 아니, 돈을 많이 벌어서 집을 사기 위해 열심히 일하고 있을 거예요. 맞아, 아빠는 죽지 않았어!

비밀이 하나 있어요. 아저씨는 햄버거를 사주는 착한 사람이니까 비밀을 들려줄게요. 사실 나는 아빠를 봤어요. 쉿, 아무에게도 이야기하지 마세요. 나를 분명 이상한 사람 취급할 거예요. 잘 들어봐요. 이제부터 차근차근 설명해줄게요.

아빠가 사라진 뒤 나는 매 순간 아빠가 어디 있는지 떠올리기 위해 온 정신을 집중했어요. 몇 날 며칠을 아빠를 그리워하며 괴로워했죠. 그러던 어느 날이었어요. 아빠의 모습이 떠올랐어요. 아빠는 원자력발전소 안에 있었어요. 거대한 기계의 컨베이어 벨트 위에서 계속 달리고 있었어요. 커다란 벌레 모양의 기계였어요. 그 기계에서는 때론 폭풍우가 불었고 때론 짙은 연기가 났고 때론 폭죽이 터졌어요. 아빠는 땀을 뻘뻘 흘리고 있었어요. 외롭고 지쳐 보였어요. 아빠에게 다가가고 싶었지만 발을 움직일 수 없었어요. 거기까지밖에 상상할 수 없었거든요.

나는 상상을 이어가려고 노력했어요. 혼자 밥을 먹는 게 외로워서, 혼자 잠드는 게 무서워서 기를 쓰고 아빠를 상상했죠. 도화지에 아빠 얼굴을 그리고 꿈에서도 아빠를 볼 수 있게 해달라고 기도했어요. 그렇게 오랜 시간을 노력한 끝에야 마침내 아빠 곁에 다가갈 수 있었어요. 아빠. 내가 말을 걸었어요. 아빠. 아빠는 나를 봤어요. 나를 닮은 아빠. 아빠는 나를 알아본 듯 애틋한 표정을 지었어요. 아빠가 입을 움직였어요. 근데 아빠의 목소리가 들리지 않았어요. 아빠의 말을 듣기 위해 귀를 세웠어요. 아빠, 뭐라고? 아빠는 입을 계속 오물거렸어요. 아빠의 말이 들릴락 말락 했어요. 답답했어요. 그날 내가 겪은 건 거기까지였어요. 그날 밤 나는 방바닥에 귀를 대고, 벽에 귀를 대고, 텔레비전에 귀를 대고, 전화기에 귀를 대고 아빠의 이야기를 듣기 위해 노력했어요. 잠도 자지 않고 먹지도 않고 아빠의 말만을 생각했어요. 아빠의 입 모양을 떠올리며 정신을 집중했어요. 아무 말도 없이 사라질 아빠가 아니거든요. 나를 얼마나 귀여워했다고요.

그 무렵 이상한 일이 일어났어요. 그날도 나는 하루종일 아빠를 상상하고 있었어요. 그때 어떤 낯선 남자가 내게 속삭이기 시작했어요. 낮고 굵은 목소리였는데, 아빠는 아니라는 것만은 확실했죠. 부정확한 발음으로 끊임없이 웅얼웅얼거리는 그 목소리가 계속 들렸어요. 나는 주변을 살폈어요. 아무도 없었어요. 집에는 나 혼자뿐이었어요. 무서웠어요. 제발 그러지 말라고 애원하기도 하고 귀를 막고 소리도 질렀죠. 그 남자는 아랑곳하지 않고 계속 내게 말을 걸었죠. 정신을 차리고 가만히 귀기울여보니 그는 내 몸속 어딘가에서 이야기를 하고 있는 것 같았어요. 그가 무슨 이야기를 했는지는 잘 기억나지 않아요.

나와 전혀 관련 없는 이야기였다는 것만 어렴풋이 기억나요. 그리고 그뒤부터 여러 가지 목소리들이 들리기 시작했어요. 아저씨가 고개를 갸우뚱거려도 어쩔 수 없어요. 저도 사실 아직 잘 이해가 안 되거든요. 직접 들어볼래요?

배가 너무 부르다. 사랑에 빠진 슈발로프 같다.

들려요? 내 입에서 어떤 아줌마의 목소리가 나오죠? 엉뚱한 이야기를 늘어놓고 있잖아요. 너무 작아서 잘 안 들린다고요? 기다려봐요. 더 크게 들려줄게요.

계단을 오르다가 각다귀를 만났다.

이번엔 알아들을 수 있죠? 점잖은 할아버지 목소리. 무슨 말인지 알겠어요? 내 목소리가 아니지요? 맞아요. 다른 사람의 목소리. 내 목에서 나오는 것뿐. 봐요. 내 얼굴과 몸은 그대로예요. 처음에 내게 조심스레 속삭이던 목소리는 내 입을 통해 이 세상에 발화되기 시작했어요. 중얼거리지 않고는 간지러워서 견딜 수가 없었어요. 이제 내 말을 믿겠어요? 수없이 많은 목소리들이 내 몸속 어딘가에서 요동치다가 내 귀에 들리고 나를 통해 세상 밖으로 나왔다고요.

아무리 생각해봐도 목소리의 주인을 짐작할 수 없었어요. 나와 관련 없는 사람. 내 옆에 없는 사람. 이 세상에 없는 사람. 곰곰이 되새겨보니 죽은 사람의 목소리 같기도 했어요. 시체. 혼령. 영혼. 유령.

초능력이나 외계인이 떠오르기도 했죠. 이 세상에는 존재하지 않는 존재의 목소리. 당신은 누구죠? 물어본 적도 있어요. 물론 대답은 없었지만요.

아는 사람의 목소리가 들린 적도 있어요. 얘야, 햄버거 말고 밥을 먹어야 키가 크지. 이렇게요. 아빠랑 친했던 경비원 아저씨 목소리였어요. 그 아저씨가 절 볼 때마다 이렇게 말했거든요. 그 아저씨는 작년에 폭발 사고로 죽었어요. 그뒤 목소리가 들릴 때마다 아빠가 죽었을지도 모른다는 불길한 생각이 머릿속에 가득차버렸죠.

저는 이상한 목소리의 주인들을 암소라고 생각하기로 했어요. 암소의 목소리. 그렇게 생각하니까 무서운 게 좀 나아졌어요. 암소는 온순한 동물이거든요. 음메 음메. 암소의 울음소리를 들으면 마음이 차분해지거든요. 우유를 주는 고마운 동물이거든요. 모두 내게 등을 돌려도 암소는 나를 따뜻하게 안아줄 착한 친구거든요. 이것도 척척박사 아빠가 가르쳐준 거예요.

그 무렵 나는 여드름도 나고 사타구니와 겨드랑이에 털도 나고 가슴도 봉긋 솟아올랐어요. 어쩌다 거울을 보면 낯선 사람이 서 있었어요. 혹시 아빠가 집으로 돌아와도 나를 알아보지 못하면 어쩌지요. 아빠. 무서워. 나는 괴물이 되고 있어. 암소야, 암소야, 날 안아주렴.

한 달이 지나도 두 달이 지나도 아빠는 돌아오지 않았어요. 저는 조금 지쳐서 아빠를 그리워하는 걸 잠시 중단했어요. 저는 바보가 아니에요. 아무리 그리워해봤자 아빠가 돌아오지 않는다는 걸 어느 순간 깨달았거든요. 시간이 흐르자 암소에도 적응이 됐어요. 그 목소리에 익숙해져서 시큰둥한 반응을 보이자 무시해도 될 정도로 얌전해졌거든요. 나는 배가 고프면 밥을 먹었어요. 졸리면 잠을 잤어요. 책도 읽고 텔레비전도 봤어요. 예전처럼 바람도 쐬고 고아원에 들러서 간식으로 나온 아이스크림도 먹었죠. 가끔 아빠에게 말을 걸긴 했지만 별 기대는 하지 않았어요.

그러던 어느 날이었어요. 크리스마스였나 설날이었나 고아원에서 간식으로 햄버거가 나왔어요. 아빠가 자주 사주던 햄버거였죠. 오랜만에 햄버거를 보니까 슬픔이 복받쳐올랐어요. 그날 저는 밤새 아빠를 생각하며 울었어요. 쉴새없이 아빠에게 말을 걸었어요. 아빠 어디 있어? 말 좀 해봐. 그러자 암소들이 봇물 터지듯이 한꺼번에 큰 목소리로 내게 말을 걸기 시작했어요. 조금 있으니 아빠가 또 무슨 말을 하려는지 입을 벙긋거리는 모습이 떠올랐어요. 나는 아빠에게 다가가기 위해 걸음을 조심스럽게 옮겼지요. 아빠가 도망갈까봐 두려웠거든요. 나는 마침내 아빠 옆에 다가갔어요. 아빠 입에 귀를 댔어요. 그러자 목소리가 희미하게 들렸어요. 나는 또렷이 기억해요. 저는 죽어가고 있습니다. 모닥불이, 모닥불이, 모닥불이. 이런 말이 들렸어요. 뭐라고 아빠? 아빠는 계속 같은 말을 반복했죠.

저는 죽어가고 있습니다.
모닥불이, 모닥불이, 모닥불이.

내 입에서 나오는 말을 조용히 들어봐요. 지금도 아빠 이야기에 귀를 기울이면 희미하게 들려요. 이게 우리 아빠 목소리예요. 목소리 멋있죠? 그런데 아빠의 목소리가 들려도 불안하긴 마찬가지였어요. 아빠 목소리가 들리는 거 보니 그 동료 아저씨처럼 우리 아빠도 죽은 게 확실하겠죠? 죽지 않았더라도 이 세상에 존재하지 않는 거겠죠? 적어도 내 옆에 돌아올 생각이 없는 거겠죠?

나는 아빠가 무슨 말을 하는지 듣기 위해 눈을 감고 집중했어요. 아빠는 계속 입을 오물거리고 있었어요. 저는 죽어가고 있습니다. 모닥불이, 모닥불이, 모닥불이. 그뒤에 아빠는 할말이 더 있는 듯 입술을 계속 달싹였어요. 그러나 다음 말은 아예 알아들을 수 없었어요. 암소들이 기다렸다는 듯이 수군거리며 방해하기 시작했거든요.

햇빛, 소방서, 불타는 식물들. 그 사이에 내가 있다.
나는 오한기가 아니다.
바덴바덴과 말졸. 맑은 하늘 아래에서 초소를 지켜보았는가.
저는 죽어가고 있습니다.
모닥불이, 모닥불이, 모닥불이.
닭과 구렁이.
나는 그들 사이의 물병. 빵 볼. 개미 같은 식용유.
저는 거머리 때문이라고 생각했어요.

암소들이 얄미웠어요. 아빠의 말에 귀를 기울이면 기울일수록 암소가 목청을 높였거든요. 시간이 흐르자 증상은 점점 심해졌어요. 암소의 말들이 귓가에 쏟아졌어요. 암소에게 묻혀서 아빠 목소리는 잘 들리지 않았어요. 나는 또 그 목소리들을 견디다못해 소리내서 말하고 말았죠.

맞아요. 암소만을 탓할 게 아니에요. 아저씨 말대로 아빠가 죽지 않았다면 집에 오지 않을 이유가 없어요. 인정해요. 근데 궁금해요. 아빠는 내게 무슨 말을 더 하려고 했던 걸까요. 아빠가 마지막으로 내게 남기려던 말은 무엇이었을까요.

시간이 좀더 흐르자 이 궁금증도 사라졌어요. 불현듯 아빠가 무슨 말을 했는지는 중요한 게 아니라는 생각이 들었거든요. 아빠 생각을 해도 더이상 눈물이 나지 않았어요. 다시 아빠를 보는 게 불가능할지도 모르겠다는 생각도 고개를 치켜들었어요. 아빠가 죽었어도 상관없다. 다만 아빠가 계속 내 상상 속에 있었으면 좋겠다. 아빠의 목소리가 계속 내 곁에서 맴돌았으면 좋겠다. 이런 생각만 들었어요. 내가 죽을 때까지. 그 이야기가 무엇이라도 아빠의 목소리가 들리는 한 나는 살고 싶어졌어요.

그 무렵 나는 하루에도 몇 번씩 원자력발전소에 다녀왔어요. 기분 탓인지 몰라도 원자력발전소에 가까이 가면 아빠의 목소리가 더 또렷이 들리는 것 같아 불안한 마음이 진정됐거든요. 그런데 밖을 나가면 이상한 말을 중얼거린다고 사람들이 손가락질했어요. 이건 제가 아니라 암소라고요. 이렇게 말했지만 사람들은 나를 보고 제정신이 아니라고 했어요. 더럽다고 피하고 재수없다고 무시했어요. 억울했어요.

특히 햄버거가게 할아버지. 그 할아버지는 특히 나를 싫어했어요. 내가 잘못하긴 했어요. 햄버거를 주문하고 계산도 안 하고 도망쳤거든요. 죄송했지만 너무 배고팠어요. 근데 할아버지는 좋은 분이셨어요. 그뒤 할아버지는 내가 기웃거리면 햄버거를 공짜로 줬어요. 따뜻하고 맛있는 햄버거. 아빠가 그랬어요. 다른 곳은 햄버거 종류가 너무 많아서 복잡하고 헷갈리지만 여기 햄버거는 햄버거답고 명쾌하다고. 빵과 고기, 최소한의 소스가 주를 이루는 이런 햄버거가 진짜라고. 무슨 말인지 이해가 잘 가지 않았지만 할아버지의 햄버거를 무는 순간 아빠 말뜻을 저절로 깨달았어요.

할아버지는 나를 귀여워했어요. 머리도 쓰다듬어주고. 머리도 땋아주고. 목욕도 시켜주고. 내 몸 여기저기 따뜻하게 만져줬어요. 안아주고 입술에 뽀뽀도 해주고. 치마 올려봐. 윗옷 벗어. 속옷 벗어. 한 바퀴 빙 돌고. 햄버거 더 먹고 싶지? 만져봐. 흔들어봐. 핥아봐. 벌려봐. 넣고 빼고. 넣고 빼고.

할아버지가 날 싫어하기 시작한 건 오래지 않아서였어요. 어느 날 할아버지가 내가 보는 앞에서 옷을 홀딱 벗고 쭈글쭈글한 고추를 흔들기 시작했어요. 고추는 점점 붉고 단단해졌어요. 마침내 고추에서 정액이 뿜어져나왔죠. 여기까지는 할아버지가 매일 하는 짓이라 겁나지 않았어요. 그런데 할아버지가 갑자기 햄버거 빵에 자신의 정액을 바르기 시작했어요. 그리고 그 햄버거를 내게 내밀었어요. 먹어봐. 내 입으로 햄버거를 드밀었어요. 나는 도리질을 쳤지만 햄버거는 점점 가까워졌어요. 썩은 생선 냄새가 나서 몸부림을 치면서 코를 막았어요. 좋아요. 거기까진 참을 만했어요. 햄버거값을 지불하는 셈 치자고 생각했어요. 자, 아빠라고 불러봐. 가여운 것, 내가 네 아빠가 돼줄게. 그런데 할아버지는 이상한 요구를 하기 시작했어요. 우리 아빠는 이렇게 못생기고 쭈글쭈글하지 않단 말이야! 나는 그길로 소리를 꽥 지르면서 도망쳤어요.

사냥꾼. 딱정벌레. 구시가지. 어느 날 나는 죽고 싶었어.

나는 할아버지를 피해 다니느라 햄버거를 먹지 못했어요.

세상에는 다섯 종류의 사람이 있다. 나. 나. 나. 나. 나.

할아버지는 성가시게 나를 따라다녔어요. 재수없는 년. 방사능에 오염된 년. 할아버지는 내게 욕설을 퍼부었어요. 아빠를 찾아서 원자력발전소 근처에 가면 사람들을 데리고 나타나 욕하고 때렸어요. 저 괴상한 건물의 저주를 받은 아이라고 말이에요. 저건 괴물이 아니에요! 저주받은 방사능 덩어리가 아니에요. 우리집이에요! 미래의 우리 집! 우리 아빠가 일하는 우리집! 나는 이렇게 대답했어요. 나는 할아버지에게 돌멩이도 던지고 약도 올렸어요. 나는 도망다니느라 달리기를 잘하게 됐어요. 하루종일 풀숲에 숨어 있다가 풀독이 오르기도 했어요. 나는 지금도 자기 전에 할아버지를 햄버거에 넣은 뒤 잘근잘근 씹는 상상을 하곤 해요.

비밀 꼭 지켜주세요. 제가 여기 있는 걸 알면 할아버지가 저를 죽일지도 몰라요. 왕눈이 햄버거. 루돌프 햄버거. 사과주스 햄버거. 형광등 햄버거. 호리병 햄버거. 색연필 햄버거. 첫사랑 햄버거. 비상계단 햄버거. 스티커 햄버거. 애벌레 햄버거.

5월 15일

나는 미로에 갇힌 둥지를 보는 걸로 하루를 시작한다. 독감에 걸린 둥지 위에는 서너 마리의 홍학이 앉아 있다. 두 마리는 부리를 맞대고 얼굴을 비빈다. 한 마리는 나른한 표정으로 그 광경을 보고 있다. 너는 보이지 않는다. 나는 너를 찾아 눈을 감는다.

나는 애처로운 둥지를 향해 조심스럽게 다가간다. 경비들은 나무 그늘 아래에서 수다를 떨거나 낮잠을 잔다. 나는 그들을 지나친다. 그들은 나를 보고도 모르는 척한다. DB를 닮은 경비원은 보이지 않는다.

나는 풀쩍 뛰어 담을 넘는다. 경고음이 들린다. 알록달록한 둥지는 거대한 소리와 함께 갖가지 색깔을 내뿜는다. 나는 두려웠지만 주저하지 않고 책임감이 강한 둥지 안으로 들어선다. 곧 경고음이 잦아든다. 나는 관리실 쪽으로 걸음을 옮긴다. 안전모를 쓴 직원 몇몇이 한데 모여 이야기를 나누고 있다.

사과나무는 많이 자랐어요?

내 목숨만큼.

흑백영화 같군요.

그들의 대화가 들린다. 나는 그들에게 인사를 건넨다. 그들도 내게 인사를 건넨다. 나는 그들에게 다가가 너의 행방에 대해 묻는다. 그들은 싱긋 웃으며 원자로에 가보라고 한다.

흑백영화는 많이 자랐어요?

사과나무만큼.

내 목숨 같군요.

그들은 다시 대화를 나눈다. 나는 표지판을 따라 원자로로 향한다. 너를 만날 생각에 콧노래가 저절로 나온다. 방호복을 입은 사람들이 나를 흘긋거린다. 내게 다가와서 말을 거는 사람도 있다. 당신이로군요. 당신에 대한 이야기를 많이 들었습니다. 왜 이제 왔나요. 많이 기다렸습니다.

수줍은 둥지 내부는 드넓고 복잡하다. 터빈실을 지나친다. 기계실에 다다른다. 기계실 안에는 DB 말대로 벌레 다리처럼 가느다란 장치들이 달린 기계가 돌아가고 있다. 컨베이어 벨트 위에서 달리고 있는 남자가 보인다. 그는 경비복을 입고 있다. 땀을 흘리며 고통스러운 표정을 짓고 있다. DB를 닮은 남자. 나는 그에게 눈인사를 건넨다. 그는 나와 눈이 마주치자 입을 오물거린다. 무슨 말인지는 들리지 않는다.

DB는 잘 있어요!

내가 말한다. 그는 다시 입을 오물거린다. 나는 그를 지나친다. 할 이야기가 많지만 더 늦기 전에 너를 만나야 한다. 계단을 오르고 다양한 모양의 방을 통과한다. 간혹 내 곁을 지나치는 사람들은 뭐가 그리 즐거운지 모두 싱글벙글 웃고 있다.

마침내 나는 거대한 원자로가 들어서 있는 공간에 발을 디딘다. 거대한 유리막이 앞을 가로막고 있다.

어디 있지?

내가 묻는다. 대답이 돌아오지 않는다. 나는 두리번거린다. 주위에 아무도 없다. 그때 괴상한 소리가 들린다. 나는 그 소리를 따라 걷는다. 유리막 너머에 네가 보인다. 너는 원자로 한가운데 우두커니 서 있다. 울부짖고 있다. 나는 유리막을 주먹으로 두드린다. 그러자 네가 나를 바라본다. 유리막에 막혀 나는 너에게 다가갈 수 없다. 너는 날개를 서서히 움직인다.

살려달라고?

내가 묻는다. 너는 날개를 더 세차게 움직인다. 바람이 분다.

죽고 싶다고?

나는 소리를 지른다.

죽여달라고?

내가 외친다. 바람이 거세진다. 유리막이 쪼개진다. 내 귀가 잘려나간다. 목이 뱅글뱅글 돌아간다. 원자로가 돌아간다. 엄청나게 큰 소리가 들린다. 너는 찢긴다. 비명을 지른다. 네 내장이 흩어진다. 나는 원자로를 향해 뛰어든다. 너는 원자로다. 원자로가 남긴 붉음이다.

홍학의 묘비

나는 창에서 떨어져 나와 이렇게 메모한다.

5월 16일

거울 앞에 선다. 옷을 벗는다. 몸을 긁는다. 울긋불긋하게 변한다. 거울에 비추어본다. 어깻죽지를 구부린다. 날개를 펼치고 고개를 숙인다. 팔을 크게 젓는다. 입으로 하늘을 나는 소리를 낸다.

아파트

목덜미

불에 탄 명함

문을 두드리는 소리가 들린다. 나는 숨을 죽인다. 문밖에서 DB의 체취가 흘러들어온다. 서둘러 옷을 입고 문을 열어준다. DB가 들어온다. DB는 몸을 벌벌 떨고 있다. DB는 울고 있다. DB가 내 품에 안긴다. 나는 DB의 등을 두드려준다.

①골방에 엄마와 날 가둬.

②나를 비웃어라.

③하루에 한 번씩 내 심장을 꺼내 무엇을 하는 거지?

④양귀비처럼 순결해져라.

⑤괜찮아, 내가 사랑한 건 영혼이야. 후회하지 마.

①가느다란 남자의 목소리: 43세. 독신. 시립교향악단 첼리스트. 그가 첼로를 엄마라고 생각한다는 건 아무도 모른다.

②더듬거리는 남자의 목소리: 79세. 전직 포르노 영화배우. 돼지와 수간 영화를 촬영하고 난 뒤 성기가 썩어들어가기 시작했다.

③흐느끼는 여자의 목소리: 34세. 응급실 간호사. 자신의 심장을 꺼내고 다시 끼워넣는 꿈을 십 년째 꾸고 있다.

④주저하는 남자의 목소리: 14세. 중학생. 변성기. 첫 자위의 순간!

⑤떨리는 여자의 목소리: 52세. 주부. 스무 살 때 〈영향 아래 있는

여자〉를 본 이후 존 카사베츠에게 수백 통의 편지를 보냈다. 답장은 단 한 번 받았는데, 편지 봉투 안에는 음모 몇 가닥이 들어 있었다.

나는 암소들의 실체를 상상한다. 그러는 동안 DB는 암소를 계속 끄집어내며 눈물을 흘린다.

왜 우는 거야, DB?

나는 궁금하다.

어디 아파?

누가 괴롭혀?

햄버거가 먹고 싶니?

아빠의 목소리가 잘 들리지 않니?

계속 묻지만 DB는 대답하지 않는다. 내게서 몸을 빼내곤 침대 위에 걸터앉아 계속 훌쩍거린다.

창문을 연다. 선선한 바람이 불어온다. 박하사탕처럼 상쾌한 둥지가 보인다. 어딘가에서 너의 체취도 나는 것 같다. 나는 네 체취가 흘러들어오는 곳을 찾아 두리번거린다.

나무들이 서로를 밀치는 이 순간!
팽팽해진 하늘을 찢고 너는 숨어버린 거야.
내 손을 잡았다 놓는 소리가 들립니다.

어떻게 하죠. 시간이 흐를수록 아빠 얼굴이 흐릿해져요. 아빠가 보고 싶은데 아빠 생각이 잘 안 나요. 암소도 암소지만 요새 다른 생각을 많이 해서 그런가봐요. 과학자가 될까 선생님이 될까 플로리스트가 될까 파일럿이 될까 이런저런 고민에 빠질 때가 많거든요. 마음을 추스르고 하루종일 집중을 해야 아빠 목소리가 들리고 그때야 비로소 아빠 얼굴이 겨우 떠올라요.

DB가 울먹인다. 나는 세쌍둥이를 임신한 둥지를 바라본다. 빵냄새가 나는 둥지는 DB의 아빠를 잉태했다.

나를 기다리다가 잠들어버렸구나, 이 돼지야!
저도 슬퍼요.
굿 나잇, 굿 데이.

나는 용의선상에 오른 둥지를 바라본다. 여덟 마리의 홍학들이 둥지 주위를 배회하고 있다. 그들은 한데 모여 있다가 다른 방향으로 흩어진다. 구름 속으로 사라진다. 다시 나타나서 둥지를 향해 날아온다. 그들은 시간에 종속된 둥지 위에 모여 앉는다. 너는 없다.

날 두고 가지 마, 사파리.
이제 그만 북쪽 숲에서 쉬고 싶다.

두려워요. 아빠를 다시는 기억하지 못할까봐.
DB가 말한다. 그리고 내게 다시 안긴다. 나는 DB를 꼭 안아준다.
당신에 대해 알고 있는 게 있어.
어느 정도 시간이 지났을 때 DB가 내 품에서 속삭인다. 암소가 아니라 DB의 목소리다. 나는 DB를 내려다본다. DB가 나를 물끄러미 바라본다. 조약돌. 찻잔.

당신은 인간도 아니고 암소도 아니야. 그치?

DB가 묻는다.

당신의 말은 암소의 말처럼 나를 혼란스럽게 하지 않아.

DB가 속삭인다.

당신의 목소리는 정확하고 흔들림 없이 또렷하게 들려.

DB의 목소리가 커진다.

그리고 인간의 말처럼 내게 상처를 주지도 않아.

DB가 덧붙인다.

그래서 당신이 좋아.

DB가 내 품에서 중얼거린다. 나는 DB를 본다. DB의 눈이 형형하게 빛난다. 꼭 나를 유혹하는 것 같다. 나는 DB의 눈빛에 빠져든다.

어느덧 DB는 내 품에서 잠이 든다. 나는 DB를 안은 채 애틋한 감방 동지 같은 둥지를 바라본다. 그 순간 여덟 마리의 홍학 중 한 마리가 하늘 위로 날아간다. 몇 번 시도해봤지만 홍학이 하늘 위로 날아가는 장면은 제대로 묘사할 수 없다. 묘사하는 순간 그건 홍학이 아니다.

DB, 저 홍학 무리가 보이니?

오로라처럼 근사한 둥지에 네 아빠가 있었다는 게 믿기지 않아.

나는 속으로 중얼거린다.

닉 드레이크, 그가 떠오른다.

나는 다섯 내가 죽는다는 건 10월 사다리.

DB, 너도 사랑을 해봤니?

내가 사랑하는 홍학을 본 적은 있니?

DB, DB, DB, DB……

DB……

5월 17일

홍학은 오각형이다

네 심장은?

텀블링

황소

DB는 빨갛지 않다

황소, 텀블링

5월 18일

오늘밤부터 내 방에서 DB와 함께 지내기로 했어.

겁쟁이 DB.

기하노는 유후인 지옥 온천에서 죽었대.

가여운 DB.

잘 쓰지 않아도 걸작이 될 수 있어.

5월 19일

홍학의 목적지: 설악산, 워싱턴

안개와 홍학
저문 해와 바늘
물
배심원은 홍학이다!

5월 20일

체취. 발걸음 소리. 물수리다. 나는 느낀다. 얼마 지나지 않아 물수리가 문을 두들길 것이다. 예상대로 잠시 뒤 문을 두드리는 소리가 들린다. 나는 DB에게 고갯짓을 한다. DB가 침대 밑으로 들어간다. 나는 옷매무새를 가다듬고 심호흡을 한다. 홍학을 인간의 육체 안에 욱여넣는다.

무서워도 숨지 마. 고개를 들고 목을 잘라. 댕강.

DB는 침대 밑에서 공포와 함께 웅크리고 있다.

설원
멸종된 종족

DB, 내가 지켜줄게.

DB에게 속삭인 뒤 문을 연다. 짐작대로 물수리다. 물수리는 잔뜩 화가 난 것처럼 털을 곤두세우고 있다. 그는 번식기가 된 것처럼 어깨와 복부를 부풀려 몸집을 더 크게 만든다. 티 내진 않았지만 나는 주눅이 들고 만다.

물수리는 문틈으로 고개를 들이민다. 홍학의 뇌를 둘러보며 킁킁거리고 입맛을 다신다. 나는 연약한 DB를 낚아채 공중으로 날아오르는 물수리를 상상한다. DB가 침대 밑에서 벌벌 떠는 게 느껴진다. 나는 홍학의 뇌에 들어오지 못하게 그를 가로막는다.

뇌종양
빙하
쌀눈

물수리는 여기저기 기웃대던 시선을 거두고 나를 노려본다. 그는 진지한 표정으로 며칠 뒤에 시내에서 복종하는 둥지까지 가두시위가 있을 거라고 한다. 나는 고개를 끄덕여준다. 물수리는 내게 시위에 동참하라고 한다. 나는 생각해보겠다고 한다. 문을 닫으려고 하자 물수리는 문을 붙잡는다. 물수리는 나보다 힘이 세다. 나는 어쩔 수 없이 물수리를 방안으로 들여보낸다. 물수리가 방안을 훑어본다. 나는 당황해서 DB와 창밖의 가녀린 둥지를 번갈아가며 바라본다. 초췌한 둥지 뒤편으로 도망가는 홍학들이 보인다. 어서 피해. 더 멀리.

밧줄 몸부림 칼 교수형

사자춤 알약 장례식장.

물수리가 침대를 보며 고개를 갸웃거린다.

지난 일요일엔 물구나무를 섰지.
나는 백화점에서 노란 구두를 샀어.
눈동자에 두드러기가 났다 나는 두드러기다.

무슨 소리가 들리지 않나?
물수리가 묻는다.
아무 소리도 들리지 않는데요?
내가 짐짓 모른 척하고 말한다.

버지니아 울프도 일기를 썼구나.

빌어먹을 암소, 숨을 죽여.

나는 중얼거린다.

사람의 목소리가 들리지 않나?

물수리가 의심 가득한 표정으로 묻는다.

남자 목소리 같기도 하고 여자 목소리 같기도 하고 아이 목소리 같기도 하고. 여러 사람이 있는 것 같기도 하고.

물수리의 눈이 홍학의 뇌를 다시 한번 휘젓는다.

글쎄요, 서명해드릴까요?

나는 물수리를 얼른 내보내기 위해 이렇게 말한다. 그러나 물수리는 더이상 서명 따위는 필요 없고 시위에 참여하라고 말한다. 우리가 힘을 모으면 저 저주받은 건물은 금세 부서지고 말 거라고 유창한 인간의 언어로 말한다. 교활한 놈. 물고기밥을 만들 거야. 점쟁이 옆에 재울 거야. 죽어서도 점쟁이가 네 운명을 점치게 할 거야.

나는 대답 대신 방문을 닫는다. 문밖에서 물수리의 날카로운 눈초리가 느껴진다. DB가 침대 밑에서 부들부들 떨고 있는 게 느껴진다.

DB, 당분간 햄버거는 못 먹을 거 같아.

나는 DB를 향해 속삭인다.

5월 21일

나는 몇 가지 사실을 유추했다.

DB는 둥지를 아빠의 유언이라고 한다.
DB는 둥지를 우리집이라고 한다.

DB는 둥지를 공동묘지라고 한다.

DB는 둥지를 유령이라고 한다.
DB는 둥지를 돛단배라고 한다.
DB는 둥지를 팔찌라고 한다.
DB는 둥지를 암모나이트라고 한다.

DB는 둥지를 송아지라고 한다.

DB는 둥지를 세탁소라고 한다.
DB는 둥지를 낙엽이라고 한다.

DB는 둥지를 앰뷸런스라고 한다.

DB는 둥지에 가고 싶다고 한다.

5월 22일

사랑을 하고 있죠?
DB가 묻는다.
사랑이 무엇인가?
내가 되묻는다.
코끼리가 달력을 보는 것.
DB가 말한다.
시력검사를 하는 할머니.
또 DB가 말한다.
상대는 인간이 아니죠?
DB가 묻는다.

윈체스터

나는 윈체스터. 윈체스터 라이플. 자네도 다른 사람들처럼 나를 사냥개라고 부르도록 하게. 그레이하운드 주둥이처럼 총신이 길다고 인간들이 멋대로 붙인 별명이지.

그래, 이 삽자루 같은 놈아. 자네에게 이야기하고 있다네. 자네가 며칠 전부터 귀찮게 말을 걸어대기 시작했지. 뭐? 자네가 홍학이라고? 자네처럼 나도 홍학이라고? 또 홍학 타령인가? 내가 홍학이라 너와 텔레파시를 주고받고 있는 거라고? 이게 내가 홍학이라는 증거라고? 미쳤군. 단단히 미쳤어. 자네가 모르는 게 하나 있다네. 난 항상 인간들과 이야기를 해왔어. 그것도 미친놈들만 골라서. 이게 자네가 미쳤다는 결정적인 증거라네.

홍학. 목이 긴 붉은 새. 멕시코의 진창에서 사냥꾼의 손에 들린 채 몇 번 본 적이 있지. 그 괴상망측한 동물. 질긴 육질. 노린내. 근데 자네가 그 동물이라고? 나도? 자네, 나를 놀리는 건가. 주여, 맙소사.

내 고향은 드넓은 대륙이라네. 대지가 끝없이 펼쳐진 곳. 그런데 왜 난 지금 여기에 있지? 왜 나를 이 조그만 나라로 데리고 왔지? 펜션에 붙어 있는 더러운 저수지에 왜 나를 처박아두는 거지? 모두 내 의지가 아니라 인간들의 장난이지. 나는 평생 수동적으로 살았어. 골동품 취급을 받으며 징그러운 인디언 추장 장신구와 함께 구린내 나는 상자에 실려서 여기까지 온 것도 내 의지가 아니지. 나는 내 의지가 이끄는 대로 총을 쏴서 네놈들을 죽이고 싶었던 적이 한두 번이 아니라네. 내 생각대로 됐다면 인류는 모두 멸망했을 걸세.

자네, 나를 구하러 오고 있다고? 나를 찾고 있나? 내가 필요하다고? 그러고 보니 저기 거뭇거뭇한 보트 밑바닥이 이곳으로 다가오고 있는 게 보이는군.

그런데 이 작자를 던져서 나를 놀라게 한 것도 자네인가? 이 못생긴 작자는 누구인가? 누구? 점쟁이? 자네가 홍학인 걸 눈치채서 죽였다고? 자네 코카인이라도 했나? 제발 정신 차리게. 뭐? 이 작자가 내 운명도 알고 있다고? 내가 홍학이라는 것도? 이봐, 조지. 총알을 재우게. 이 두 놈 머리에 구멍을 뚫어야겠어.

말이 조금 심했지. 사과하겠네. 나도 벌써 백 년이 넘게 살았어. 나이를 먹을수록 화를 참기 힘들다는 거 이해해주기 바라네. 자네도 나이를 먹어보면 알게 될 걸세. 부디 나를 구해주게. 이 더러운 웅덩이에서 나를 꺼내주게나. 한시라도 빨리. 숨이 막힌다네. 나를 불쌍히 여겨주게. 하늘 아래 두려운 거라곤 나 자신밖에 없었던 내가 이렇게 비참하게 녹슬고 있다네. 온몸이 가려워. 예전처럼 석양을 보고 싶어. 아름다운 여자들의 몸을 만지고 싶어. 거친 사나이들과 우정을 나누고 싶어.

그래, 이해해주겠다니 고맙네. 자네 말대로 걱정하지 않고 기다리겠네. 어려운 부탁인 줄 알지만 혹시 과거로 돌아가게 해줄 수는 있나. 나는 지금 하찮은 식료품과 다를 바 없다네. 이제 악당들을 잡을 수도 없고, 인질극을 벌일 수도 없다네. 부패한 물고기들이 둥둥 떠다니는 이 저수지를 벗어나봤자 이 나라에서는 골동품이나 애들 장난감이 될 뿐이라네. 박물관에 갇혀 구경거리가 되기 전에 나를 어서 꺼내주게나.

여기라네. 여기. 조금 더 왼쪽으로. 지금 자네는 내 바로 위에 있어. 거기 세워. 옳지, 보트 밑바닥이 바로 머리 위에 떠 있다네.

나를 이곳에서 꺼내준다면 꼭 보답하겠네. 자네 죽이고 싶을 정도로 미운 사람이라도 있나? 그렇겠지. 나를 찾는 데는 이유가 있겠지. 나를 원하는 사람들은 하나같이 원한을 갖고 있지. 누구? 물수리? 그 한주먹 거리도 안 되는 날짐승? 내가 자네 소원을 들어주지. 나는 콘도르도 단숨에 잡은 적이 있다네.

그래, 여기야. 그물을 좀더 오른쪽으로. 조금 더. 나 여기 있다네. 이 빌어먹을 점쟁이와 돌덩이 밑에 깔려 있다네. 아니, 조금 더!

그러고 보니 열이 받는군. 내가 왜 이러고 있지? 자네에게 왜 아쉬운 소리를 하고 있지? 누가 나를 여기 데리고 왔지? 미국 서부 평원에 있던 나를 이곳까지 데려온 이유는 뭐지? 여기에도 인디언이 있나? 카우보이와 보안관이 있나? 빌어먹을, 자신이 홍학이라고 우기는 정신병자와 돌팔이 점쟁이 새끼뿐이지. 피맛을 봐야 정신을 차릴 테지. 미안, 미안. 또 화를 내고 말았군. 이 영감을 가엾게 여겨주게나.

이렇게 비참하게 살 바에야 죽고 싶지만 나는 죽지 못한다네. 누군가를 죽이는 운명을 타고났지만 나는 스스로 죽지 못해. 나의 의지로 뭘 할 수 있냐고 묻는다면, 글쎄, 나도 자네처럼 시를 쓸 수는 있다네. 자네가 홍학 운운하며 읊는 시를 몇 번 들었다네. 제법이더군. 카우보이들이 지평선을 보며 낭송하던 「프루프록의 연가」에 비하면 턱없이 부족하지만 말이야. 솔직히 말하면 한계가 느껴지더군.

걸작을 쓰는 법은 간단해. 상상해보게. 나는 쇠붙이다. 나는 쇠붙이다. 진짜 쇠붙이가 되면 누구나 천재 시인이 될 수 있다네. 봐. 나도 시 쓰는 흉내는 낼 수 있다네. 내가 쓴 시를 들어보겠나?

나는 해질녘이 싫어
내가 보이지 않거든
울푸레 불푸레
나뭇가지 방앗개비

아니, 지금 시 따위가 중요한 게 아니지. 옳지, 그물이 내려오고 있군. 여기. 그렇지. 드디어 나를 찾았군. 제법 똑똑해. 걱정 말게. 그물을 꽉 붙잡았다네. 어서 나를 뭍으로 데려가주게나.

사람들이 착각하는 게 있다네. 나는 아직 노쇠하지 않았어. 언제든 전부 쏴 죽일 준비가 돼 있다네.

자네, 피맛을 본 적이 있나? 죽음을 앞에 두고 피를 내뿜는 인디언을 본 적이 있나?

이제 서서히 햇빛이 보이는군. 바람이 느껴져. 내 몸에 묻은 이 더러운 물이 증발하고 있는 게 느껴져. 그건 그렇고 우선 이 빌어먹을 그물에서 날 꺼내주게나.

인간의 손은 오랜만이로군. 근데 왜 손이 차갑지? 인간이 아니라서 그렇다고? 아직도 홍학 타령인가? 총신에 소름이 돋는군.

상쾌하군. 구정물에서 나오니까 세상은 여전히 살 만해. 배를 타는 건 정말 오랜만이야. 리오그란데 강에서 시궁창 냄새를 풍기는 인디언들과 같은 배를 탔던 게 기억나는군. 저멀리 보이는 멕시코 땅에 모래바람이 불었었지. 나는 그 모래바람에 피를 흩뿌렸지.

밖에 나오니까 머리가 맑아지는군. 이제 기억난다. 나를 이곳에 버린 년은 나를 자위 도구로 썼다네. 나는 그녀의 성기를 드나드는 충직한 애완견이었지. 하루가 멀다 하고 나를 물컹물컹한 구멍에 집어넣었다네. 치욕적이었지. 세상이 보이고 그녀의 몸속이 보였어. 그녀는 울면서 나를 다뤘지. 세상을 저주했고, 가족을 저주했고, 애인을 저주했고, 자신을 저주했어. 하루가 멀다 하고 소동을 피우다가 항우울제를먹고 죽은듯이 잠들기도 했다네. 나는 그년이 진짜 죽은 줄 알고 겁이 나서 말을 걸어본 적도 있지. 쌍년아, 죽어버려라. 어디 살아서 일어나봐. 네 소원대로 그 자리에서 죽여줄게.

시간문제였지. 그년이 자살하는 건 정해진 결말이었어. 나는 그녀의 자궁 속에 탄환을 뿌렸지. 쌍년아, 죽어버려라. 그 이후 나는 그녀의 뼛가루와 함께 이곳에 뿌려졌어. 그녀의 뚱뚱한 엄마가 밤에 몰래 와서 던져버렸지. 그년은 금세 흩어져버렸다네. 인사라도 할 걸 그랬나? 후회된다. 나와 열락을 함께 누렸는데. 벌써 이 년이 흘러버렸어. 지금껏 아무도 나를 찾지 않았지. 자네가 내게 처음 말을 걸어준 거라네.

옛 주인. 옛 친구의 형상. 사라지기 마련인 환상.

사실 나는 너희들을 주인으로 생각한 적이 없다네. 내 욕망을 충족시켜줄 하인. 노예들.

나는 정확히 기억한다. 689. 내가 죽인 사람 수.

55명: 자살

634명: 타살

백 년이 넘는 시간이 흐르는 동안 나는 죽이고 죽이고 또 죽이고 나만 살아남았어. 알파벳처럼 지겨운 이야기들. 내가 죽인 녀석들이 꿈에 나타나서 말하곤 하지. 고맙다. 죽여줘서 고맙다. 다시 한번 죽여줄래? 고맙다. 정말 고맙다. 시궁창. 벙어리.

여긴 나루터다. 왜 당신은 없는가. 날 다뤄줄 남자. 나를 애무해줄 남자. 나를 핥고 빨아줄 남자. 남자 중의 남자. 원한다면 죽여주겠네. 제발 나를 죽여주게나. 주여. 자네 혹시 그 남자가 되고 싶은가?

죽는 건 내 소원이다. 내가 두려워하는 건 오직 불과 쇳물. 우리 몸에 흐르고 있는 것. 피가 아닌 무언가.

주여, 나는 신의 무기였지 않습니까. 인간들의 타고난 죄를 형벌하는. 혹은 나약하기 짝이 없는 인간들이 신의 섭리를 거스르기 위해 만들어낸 금단의 도구.

여기에선 누구를 죽일 수 있을까.

근데 저기 보이는 집들은 뭔가? 자네가 운영하는 펜션이라고? 펜션? 나그네들이 묵는 여관 같은 건가?

자네, 나를 어디로 데리고 가는가. 여관에서 잠깐 쉬고 있으라고? 필요 없다네. 나는 충분히 쉬었어. 나를 당장 사용해주게. 물수리를 사냥하고 싶다고 하지 않았나? 그 물수리의 심장을 향해 방아쇠를 당겨주게. 물수리의 시큼한 피맛을 보게 해주게. 나는 너무 많이 참았어. 몸이 너무 뜨거워졌네. 제발 나를 식혀주게.

좋아, 그래 좋아. 자네 뜻대로 하겠네. 내 욕심이 과했어. 오랜만에 바깥공기를 쐬니 피가 끓어올라서 그만. 내 운명을 자네에게 걸겠네. 자네 마음대로 하게. 어쨌든 나를 구해줬으니. 자유를 선사해주었으니.

자네한테만 말하는 건데, 사실 내 몸엔 총알이 하나 재워져 있다네. 그 미친년을 죽이고 한 발 남았어. 자네에게 총알을 쏠 기회를 주도록 하지. 딱 한 발. 영광으로 알게나.

근데 자네가 자꾸 나를 홍학이라고 부르는 게 거슬린다네. 빌어먹을, 내가 여기에서 홍학이 되었다는 건 무슨 헛소린가. 아니, 훨씬 전부터 홍학이었다고? 홍학. 말도 안 되는 소리 작작 하게. 홍학 사냥꾼이라면 또 모를까.

아, 여기가 자네의 방인가. 안락하구만. 짐승의 냄새도 적당히 나고 말이야. 군침이 도는군. 근데 지금 나를 어디에 가두는 거지? 개새끼야, 왜 나를 옷장 속에 가두는 거지? 부탁한다네. 방아쇠를 당겨줘. 왜 다시 시커먼 공간에 날 두는 건가. 숨이 막혀.

이 개새끼야. 내가 스스로 누군가를 죽일 수 있었다면 너는 지금 당장 시체가 돼 있을 거야. 뜨거운 납탄이 네 심장에 꽂혔을 거야.

아, 또 화를 냈군. 미안하네. 진심을 담아 용서를 빌겠네. 내가 방금

한 말은 잊어주게. 제발. 제발 나를 다시 어둠 속에 가두지 말아주게. 답답해. 문을 닫지 마.

나는 쇠붙이. 나는 막 태어났을 때 쥐를 잡은 적이 있어. 쥐의 피는 달콤해. 그 기억은 아직도 생생해. 그거 아나? 외계인이 가장 좋아하는 꽃이 코스모스라는 걸.

주문

책상에 앉아 창밖을 내다본다. 저수지와 풀숲이 보인다. 그 너머 사람 이름을 잘 외우는 둥지가 보인다. 일기를 밀린 둥지 위에는 홍학이 서 있다. 낯선 홍학이다. 홍학의 그림자가 길게 늘어서 있다. 시간이 조금 흐른다. 이제 홍학의 그림자는 없다.

나는 너를 잊기 위해 내가 아닌 다른 게 된다. 글을 쓰는 것이다. 글을 쓰면서 나는 DB로 변한다. DB의 아빠 입장에 선다. 물수리가 주인공인 소설을 쓴다. 사냥개 윈체스터로 변장한다. 현실을 덧붙이고 상상 속의 인물들을 끄집어낸다. 과거를 기억하고 미래를 예상해서 쓴다. 어쩌면 나도 모르는 사이 이 글에 그런 부분이 섞여 있을지도 모른다. 그럼에도 나는 너를 피할 수 없다. 결국에 가서는 모든 글이 네 이야기가 된다. 나는 너를 다시 그리워하고 만다. 그러다가 네가 그리워 미칠 것 같으면 노트에 둥지를 그린다.

아무리 그리워해도 네가 없는 둥지
사람 흉내를 내는 둥지, 첫사랑을 잊지 못하는 둥지
봄별처럼 화사한 둥지, 야옹야옹 우는 둥지, 얼음성을 짓는 둥지
기예르모 로살레스를 필사하는 둥지
매일 밤 괴물에게 쫓기는 꿈을 꾸는 둥지
피투성이 둥지, 의미 없는 둥지
그믐달과 갯벌에서 태어난 둥지
숨 참는 걸 즐기는 둥지

문학에 의미가 있다면, 이 글은 문학이 아니다. 무의미를 기록하는 것도 문학이라면, 이것은 문학이 아니다. 의미가 있지도 무의미하지도 않으니까.

산책

인적이 드문 밤이면 DB와 나는 결혼을 앞둔 둥지까지 다녀온다. 소리소문 없이 사라진 둥지에 하루라도 가지 않으면 DB는 아빠를 영원히 잃을까봐 두려워한다.

이제 내가 누군지도 헷갈려요. 암소가 나를 지배하고 있어요. 나는 암소가 말하는 대로 행동해요. 암소의 생각대로 생각해요. 내 목소리도, 내 생각도 사라진 것 같은 망상에 사로잡히곤 해요. 스스로는 아무것도 할 수 없어요.

DB가 조잘거린다.

달력을 넘기면 서쪽에서 바람이 분다.

밤은 어려운 공간이다. 이건 내가 한 말이 아니다. 지난밤에 오리 열여섯 마리를 기르는 둥지에서 깃털을 다듬고 있던 홍학에게 들은 말이다. 밤은 난해한 공간이다.

아무것도 모르지만 이게 운명인 건 알고 있지.

DB의 입에서 남자아이의 목소리가 흘러나온다. 아이가 병상에 누워 입을 달싹이는 모습이 연상된다.

그 문장을 쓰지 않은 게 자꾸 후회되네.
눈물을 흘리면 배가 불러.

암소들이 DB의 귓가에 속삭인다.

걱정이에요. 아빠가 나를 찾으려면 지금 내 모습 그대로여야 하는데. 어떻게 하죠? 키도 훌쩍 자라고 몸무게도 많이 늘어났어요. 아빠가 나를 알아보지 못하면 어떻게 하죠?

DB는 걱정이 많다.

난 이대로 아빠를 잊게 되는 건가요? 아빠는 이대로 나를 잊게 되는 건가요? 아저씨 손이라도 잡지 않으면 저는 금방 다른 사람이 될 거 같아요.

DB가 이렇게 말하곤 내 손을 꼭 잡는다.

잊는 게 아니라 기억하지 못하는 것뿐이야.

나는 DB를 타이른다. 그래도 DB는 초조해 보인다. 겁에 질린 듯 몸을 떨고 있다. DB는 내 목소리를 듣고 싶다고 한다. 내 목소리를 따라가다보면 암소가 사라지고 아빠가 다시 나타날 것 같은 예감이 든다고 한다. 나는 달리 할말이 떠오르지 않아 DB에게 궁금한 걸 물어

보라고 한다.

고향은 어디예요?

없어. 갖고 싶어.

첫사랑은?

슬픈 표정이 귀여운 소녀.

가장 좋아하는 소설은?

조르주 바타유 『눈 이야기』.

음악선생 개자식이 나를 리코더로 때렸어.

언제 마지막으로 울었나요?

열다섯 살. 영화관에서.

나는 동물을 좋아해. 근데 사실 무서워해. 너만 알고 있어.

좋아하는 영화는?

자크 타티 〈나의 아저씨〉.

모두 내게 실망을 했지만 정작 나는 실망한 적이 없다.
나는 귀리다.

무엇을 가장 싫어하나요?

집게벌레.

무엇을 가장 두려워하나요?

혼자가 되는 것.

언제 가장 외롭나요?

항상.

누구를 가장 증오해요?

아무도 증오하지 않아. 다른 사람들이 나를 증오하지.

우리는 끊임없이 질문과 대답을 주고받는다.

DB, 이제 아빠 목소리가 들려?

DB의 질문 중간중간에 내가 묻는다.

나는 그에게 할말이 없다. 다이빙을 하는 수밖에.

아빠가 아직 나타나지 않았어!

DB는 소리를 빽 지르면서 고개를 내젓는다.

좋아하는 색은?

새벽.

꿈을 꾸나요?

항상.

나를 기다렸나요?

아니.

다시 DB가 질문하고 내가 답한다. 저수지에 다다르자 DB는 무섭다며 내 손을 있는 힘껏 잡는다. 저수지는 어둡고 깊어 보인다. DB의 손은 차갑기도 하고 뜨겁기도 하다.

우리는 저수지와 풀숲을 지나 당뇨에 시달리는 둥지로 향한다. 그동안 DB는 안개가 덮인 밤하늘을 바라본다.

하나, 둘, 셋.

DB는 보이지 않는 별을 센다. 나는 안개가 짙어서 별이 보이지 않는다고 말한다. DB는 별이 보인다고 우긴다.

별이 보이네.

나는 거짓말을 해준다. DB는 다시 별을 센다.

하나, 둘, 셋.

나도 별을 세본다.

우리는 풀숲을 지나 삐쩍 마른 둥지 부근까지 간다. 담장을 지나 철책이 쳐져 있는 데까지 간다. 나는 담장 건너편으로 목을 기울여 너를 찾는다. 오늘따라 홍학들이 보이지 않는다. 너 역시 흔적도 없다.

줄자가 꽃게란 걸 방금 깨달았다.
한국전쟁이 젊은 존 파울즈에게 큰 영향을 끼친 거 같다.
너희는 타조야. 왜냐하면 목이 긴 타조니까.

모서리가 날카로운 둥지가 머리 위로 거대하게 서 있다. 우리는 한동안 파란색에 징크스를 갖고 있는 둥지를 올려다본다. 별안간 DB가 어지럽다고 한다. 식은땀을 흘린다. 자리에 주저앉는다.

전에는 원자력발전소에 이 정도로 가까이 다가가면 아빠 목소리가 잘 들렸는데 이제 아니야. 아빠가 없어. 아무래도 아빠가 날 몰라보는 게 분명해.

DB가 흐느낀다. 나는 DB를 안아 들고 달랜다.
DB, 뭐든지 물어봐.

나는 주로 아침에 생각을 한다.

당신은 작가예요?
아니.
소설을 써요?
아니.

햄버거를 먹었지만 나는 벨보이가 아니다.
여보세요, 거기 꿀단지가 있나요?

그럼 뭘 써요?
일기. 때론 시.

저는 제 소설에서 영감을 얻고 그걸 씁니다.

무슨 내용이에요?
내 이야기.

나는 마름모 슬픔은 감자꽃.

왜 써요?

너도 써봐. 그럼 계속 쓰게 될 거야.

내가 대답한다. DB는 우는 걸 멈추고 자신도 글을 쓰고 싶다고 한다. 나는 어려운 건 아니라고 한다. DB는 노트를 사달라고 한다. 나는 고개를 끄덕인다. DB는 신이 나서 떠들기 시작한다. DB는 다시 수다쟁이가 된다. 허풍쟁이가 된다. 암소 개새끼들. 욕쟁이가 된다. 마술사가 된다. 복화술사가 된다. 돼지가 되고 사슴이 된다. DB는 죽은 척한다. DB, 깜짝 놀랐잖아.

나는 DB를 진정시키기 위해 끊임없이 말을 건다. 이번에는 DB가 자신의 이야기를 한다. DB가 아끼는 보라색 펜에 대해. 가끔 꿈에 나오는 아기 코끼리에 대해. 네잎클로버에서 느껴지는 슬픔에 대해. DB의 아빠가 DB 다음으로 소중하게 여겼던 라디오에 대해. 우리는 대화를 나눈다. 그럼 DB는 괜찮아지고 얼마 지나지 않아 또 죽은 척을 한다.

결국 나는 시도 때도 없이 잔소리를 하는 둥지까지 가지 못한 채 축 늘어진 DB를 안아 들고 홍학의 뇌로 돌아온다. DB를 침대에 눕힌다. DB는 금세 곯아떨어진다. 홍학의 뇌수 속에 DB가 잠영한다. 호흡에 따라 둥둥 뜨고 다시 가라앉는다. 알루미늄. 집배원.

나는 책상에 앉아 도박에 중독된 둥지를 바라보며 떠오르는 것들을 쓴다.

—거북이, 사슴

—은행나무가 자라지 않는다

—손톱

—잭슨 폴록에게 전화해주세요

—거대한 엉덩이

—시리얼, 만두

—나를 부르는 소리가 들린다

—비톨트 곰브로비치『코스모스』

—음문

갑자기 온몸이 가려워진다. 거울 앞에 선다. 온몸을 긁는다. 날갯짓을 한다. 거울 속에서 누군가 붉어진 채 날갯짓을 하고 있다.

당신은 대체 누구인가?

내가 묻는다. 나에게. 혹은 누군가에게.

당신은 대체 누구인가?

내가 묻는다. 너에게. 혹은 누군가에게.

당신은 대체 누구입니까?

누군가가 묻는다. 나에게. 혹은 누군가에게.

당신은 대체 누구예요?

DB가 묻는다. 나는 깜짝 놀라 날갯짓을 멈추고 뒤를 돌아본다. DB가 침대에 앉아 나를 보고 있다.

유리 올레샤, 장 주네,
윌리엄 버로스, 에두아르 르베

유리 올레샤. 지난밤 나는 당신의 소설을 읽었다. 「사랑」이라는 단편이었다. 나는 당신의 소설을 사랑했다. 그러나 이제 읽을 수 없을지도 모른다. 인간의 언어를 잃게 되면 당신의 소설도 이제 끝이다. 오히려 다행일지도 모른다. 당신의 소설은 읽으면 읽을수록 빼앗고 싶으니까.

얼마 전에는 장 주네의 『도둑 일기』를 다시 읽었다. 어렸을 때 나는 내가 지극히 평범한 사람이라 이 소설을 이해할 수 없다고 생각했었는데, 이제는 이해할 수 있다는 생각이 들었다. 비록 도둑도 아니고 동성애자도 아니지만 말이다. 그러나 하루 뒤에는 생각이 바뀌었다. 나는 아무것도 이해할 수 없다. 이해하지 못하는 건 당연한 일이다. 나는 홍학이다.

그날 밤 자정, 아내가 보석금을 내고 나를 빼냈다. 아내는 넴뷰탈을 가져왔다. 넴뷰탈이 조금 도움이 됐다.

윌리엄 버로스 『정키』 91쪽에서 몇 문장을 가져왔다. 이 대목에서 갑작스럽게 전에 없던 화자의 아내가 나온다. 화자가 언제 결혼을 했었나. 내가 잊은 건가. 궁금했지만 앞장을 뒤적거리며 찾아볼 정도는 아니었다. 그뒤에도 화자의 아내는 종종 나온다. 심지어 소설의 말미에는 아이들도 나온다. 소설이 끝날 무렵 결국 아내는 화자를 떠나간다.

십대 때, 나는 『인생 사용법』이 사는 법을, 『자살 사용법』이 죽는 법을 가르쳐줄 거라고 생각했다.

에두아르 르베 『자화상』의 첫 문장이다. 이 문장을 제외한 나머지 문장은 따분하다.

나는 에두아르 르베에게 별 관심이 없다. 윌리엄 버로스와 장 주네에게도 관심이 없다. 유리 올레샤에게도. 오직 나에게만 관심이 있다.

유리 올레샤, 안녕.

나의 스물다섯번째 홍학.

소나기

DB는 홍학 무리를 바라보고 있다. DB는 동물원에 온 것도, 홍학을 본 것도 처음이라고 한다. 이토록 아름다운 붉은색이 이 세상에 있다는 게 신기하다고 한다. 나는 너를 보며 고개를 끄덕인다. 너도 무리에서 조금 떨어진 채 나를 바라보고 있다.

나는 홍학이다.

내가 너에게서 눈을 떼지 않고 말한다. 인간으로서 나의 목소리가 들린다. 처음으로 목소리를 내서 나에 대해 말한다. 다른 사람에게 나의 정체에 대해 숨김없이 말한다. DB가 나를 바라본다. 다시 홍학들을 바라보다가 나를 바라본다. 다시 나와 홍학을 번갈아가며 바라본다. DB의 눈이 동그래진다.

당신은 홍학이 아니에요.

DB가 떨리는 목소리로 말한다.

나는 홍학이다. 홍학이 되고 있는 인간이다.

내 말에 DB는 고개를 절레절레 젓는다.

아저씨는 사람처럼 생겼어요.

아무래도 받아들이기 힘든 모양이다.

네 말대로 나는 사람도 아니고 암소도 아니다. 나는 홍학이다.

내가 말한다.

네가 암소의 말을 듣는 것처럼 나도 홍학의 말을 들을 수 있어.

내가 덧붙인다.

나는 홍학이다.

목소리를 높인다. 처음이 어려웠지 두 번은 쉽다. DB는 나를 이상한 눈으로 바라본다.

내 곁으로 올래?

내가 너에게 말한다. 너는 고개를 갸웃거린다.

괜찮아.

네게 손짓한다. 너는 주저하다가 나를 향해 천천히 걸어온다. DB가 탄성을 내뱉는다.

나는 사랑한다.

내가 너를 지그시 응시하며 말한다.

저 홍학을요?

DB가 너를 가리키며 묻는다. 나는 고개를 끄덕인다. DB는 우리 속을 뚫어져라 바라본다. 너는 손을 뻗으면 닿을 만큼 가까이 다가왔다가 DB의 존재를 눈치채곤 놀라서 뒤로 물러선다. 노란색 소문. 소풍버스.

겁먹지 마. 내 곁으로 와도 돼.

내가 말한다. 너는 잠시 망설이는 듯하더니 긴 목을 힘겹게 가누며

발걸음을 뗀다. DB는 많이 놀랐는지 입을 다물지 못한 채 너를 멀거니 바라본다. 그때 네가 DB에게 얼굴을 들이민다. DB는 깜짝 놀라 뒤로 물러서다가 엉덩방아를 찧는다. 너는 경계하는 듯 부리로 철망을 두드린다. DB가 주저앉은 채 비명을 지른다. 사마귀가 나온다. 이렇게 말한다. 당신을 물어버릴 거야.

자고 일어났더니 손톱이 자랐네.
톡톡톡톡. 비가 온다. 엄마가 웃었어.
유령 같은 남자가 있다, 안방에.

암소가 계속 횡설수설한다.

얘야, 햄버거 말고 밥을 먹어야 키가 크지.
엄마가 가족사진이 없어서 속상하다고 했다.

너는 암소의 목소리에 겁을 집어먹고 뒷걸음질친다. 나는 암소를, 아니, DB를 안아 든다.

지나치게 자연스러운 걸 원하는 게 아닌가.
에단코는 나에게 말했다. 물구나무를 서봐.
생각해보니 나는 에스컬레이터였어.
추워서 수영복을 벗었다. 내 이름은 둔크스.
돈 드릴로, 당신은 개별 화물이다.

숲에 가고 있다. 절벽으로 간다.

마산으로 가는 여자들을 봤어. 두 명이고 못생겼어.

올리비에는 화성에서 왔다!

DB는 내 품에 안긴 채 말을 쏟아낸다. 떡국. 격투기. 도금.

울지 마. DB.

나는 DB를 달랜다. 너는 눈치를 보며 슬금슬금 무리로 돌아간다.

네가 낯설어서 저러는 거야. 저 홍학은 햄버거처럼 착해. 물처럼 밝아. 동그라미처럼 슬퍼. 동굴처럼 아파. 롤러스케이트처럼 따뜻해.

나는 DB에게 속삭인다. 곧 DB의 눈물이 잦아든다.

가까이 와. 암소는 너를 해치지 않아.

이번에는 너를 달랜다. 너는 주저한다. 나는 울타리를 잡고 너를 간절하게 부른다. 너는 조심스럽게 발걸음을 옮긴다. 네 옆에 있는 홍학들이 너를 곁눈질한다.

더 가까이.

내가 말한다. 네가 긴 목을 휘청거리며 다가온다.

나를 위해 춤을 춰줘.

네가 천천히 몸을 움직인다. 얕은 물을 딛고 하늘을 날듯 발을 놀린다. 긴 다리와 목을 우아하게 흔든다. 빙글빙글 돈다. 산들바람이 보인다. 밤하늘에 폭죽이 흩어지는 광경을 촬영한 사진이 보인다. 자동차가 폭발된 뒤 불구덩이를 뚫고 내게 달려오는 네가 보인다.

DB, 아름답지?

내가 묻는다. DB는 고개를 끄덕이곤 배시시 웃는다.

훌리오 코르타사르, 당신도 제정신이 아니었군.

어느 순간부터 DB는 네 춤에 맞춰 콧노래를 흥얼거리고 있다.
나는 그날 네 춤에 대해 썼다.

소나기

시위

물수리는 틈이 날 때마다 홍학의 뇌에 침입한다. 문을 열고 홍학의 뇌에 몸을 집어넣으려고 소란을 피운다. 뇌 표면에 발톱을 꽂아 작은 구멍을 뚫고 그 안을 엿본다. 날카로운 부리로 DB의 여린 피부를 헤집으려고 몸부림친다. DB의 체취를 맡고 혀를 날름거린다. 나는 DB를 보호하기 위해 결국 물수리에게 굴종하고 만다.

우리는 시내에서 극사실적인 둥지까지 걷는다. 우리는 미련한 둥지를 탓하는 구호를 외친다. 나도 따라 한다. 아무도 우리를 막지 않는다.

걷는 동안 주위에는 홍학들이 떠돈다. 홍학들은 사람들 사이사이에 끼어 있다. 홍학들은 한목소리로 구호를 외치고 줄줄이 걷고 있는 우리를 구경하며 히죽거린다. 그런데도 나를 제외하곤 홍학들이 보이지 않는지 앞만 보고 있다.

당신들은 왜 여기 있지?

나는 홍학들에게 말을 건다. 홍학들은 내 말이 들리지 않는지 나를 보는 둥 마는 둥 한다. 내가 홍학이라는 걸 모르는 모양이다. 인간의 몸을 갖고 있어서 경계하는 것일 수도 있다. 문득 인간과 홍학 사이에 끼어 있는 내 처지가 떠올라 외로움을 느낀다. 나는 네가 동물원에서 벗어나 내 곁에 있었으면 좋겠다고 생각한다. 따뜻한 바람이 부는 날 너와 나란히 걸으며 대화를 나누었으면 좋겠다고 생각한다. 너의 체온을 느꼈으면 좋겠다고 생각한다. 너와 키스하고 싶다고 생각한다. 너의 깃털을 책장 사이에 끼워 간직하고 싶다고 생각한다. 너의 눈을 가까이서 봤으면 좋겠다고 생각한다. 아니, 열대병에 걸린 둥지에라도 네가 보였으면 좋겠다고 생각하며 걷는다. 나는 안다. 외로움은 인간의 감정이다. 외로움은 내가 홍학이 되는 것을 저지한다.

설치류
파동
피아노를 치는 가정부

누군가 내 등을 톡톡 두드린 건 질투에 눈이 멀어 잠을 설치는 둥지가 보일 무렵이었다. 고개를 돌려보니 수컷 홍학 한 마리가 익살스러운 표정을 지으며 서 있었다. 부리가 유난히 긴 홍학이다. 홍학과 눈을 마주친다. 그가 고개를 끄덕인다. 나도 고개를 끄덕인다.

무슨 일이지?

내가 묻는다. 홍학은 딴청을 피우며 기지개를 켠다. 날개가 펼쳐지며 하늘을 가린다. 그때 저기 무리 선두에서 물수리가 이쪽으로 다가오는 게 보인다. 홍학은 물수리의 눈치를 보더니 재빨리 하늘로 날아오른다. 그 뒤를 따라 인간 틈에 끼어 있던 홍학들도 날아오른다.

요새는 햄버거를 사러 오지 않네?

어느새 다가온 물수리가 묻는다.

혹시 이만한 여자아이를 보지 못했나?

그가 손으로 DB의 키 정도를 가늠하며 묻는다. 나는 고개를 가로 젓는다.

원자력발전소를 배회하던 꼬맹이를 보지 못했나?

그가 눈을 가늘게 뜨고 또 묻는다. 나는 못 봤다고 한다.

햄버거를 좋아하는 소녀를 못 봤나? 헛소리를 끊임없이 지껄이는 미친년은?

물수리는 살기를 풍긴다.

어서 피해.

나는 홍학들에게 텔레파시를 보낸다. 허공을 선회하던 홍학들이 순식간에 사라진다. 나는 간신히 물수리를 따돌리고 무리 속으로 파고든다.

우리는 단단한 둥지를 원망하는 구호를 외친다. 나도 따라 한다. 아무도 우리를 막지 않는다. 그러나 우리는 더이상 앞으로 나아가지 않고 죽음을 두려워하지 않는 둥지 주변을 맴돈다. 해가 기울면 누가 먼저랄 것도 없이 흩어진다.

물수리

사냥.

기다림.

사냥의 쾌감.

사냥에 달린 하루.

분투와 피로.

허기짐과 풍요로움.

지평선으로 해가 넘어가면 나는 슬슬 몸을 움직인다. 내 하루가 시작된다.

내가 주로 사냥하는 건 집오리다. 집오리 사냥은 간단하다. 집오리는 뒤뚱거리며 굼뜨게 걸어다니고 인간에게 길들여져 있어서 유순하다. 슬쩍 다가가 목덜미를 물어 죽이면 그만이다. 자신의 생명이 끊어지고 있는지도 모른다. 소리 하나 내지 않는다. 내장은 입안에서 녹는다. 뼈까지 오독오독 씹어 먹으면 아주 고소하지. 아주 빨리 녹아서 금방 허기지는 게 단점이지만.

쉿. 저기, 저놈이 걷고 있다. 저 허름하기 짝이 없는 펜션에 사는 음흉한 놈. 펜션을 지은 영감의 조카. 글을 쓴다나 뭐라나. 이 세상에 빌붙어 사는 별 볼 일 없는 새끼 같으니라고.

내가 모를 줄 알고. 저 글쟁이가 하루도 빼놓지 않고 햄버거를 사러 왔을 때 눈치챘다. 그 계집애가 연관돼 있을 거라고. 저놈은 내게 상냥하게 굴었다. 그렇지만 나는 본능적으로 저놈이 나를 경계한다는 것을 알 수 있었다. 피비린내. 축배. 가느다란 척추뼈.

저놈이 살고 있는 구닥다리 펜션에서 그 계집애의 냄새가 난다. 나를 흥분시키는 냄새. 숨겨둔 건가.

나는 입맛을 다신다. 사냥을 하지 않는다면 나와 내 먹이들은 존재의 의미가 없다.

굶주린 채 사냥한다. 그래야 정신을 차릴 수 있다.

저놈과 계집애는 밤마다 산책을 한다. 연인처럼 손을 꼭 잡고. 나는 어둠 속에 몸을 숨긴 채 그들을 감시한다. 사이가 너무 좋아 보여서 질투가 인다.

햄버거에 미친 작고 깡마른 계집애. 나는 저 계집애를 알고 있다. 저놈 손은 잡아주면서 나는 왜 그렇게 싫어했나. 내가 그렇게 무서운가. 저 계집애는 내게 소리를 빽 지르고 도망쳤다. 도둑년. 경비원의 양녀. 햄버거를 훔쳐가는 걸 용서해줬다. 작고 가녀린 게 가여워 보였다. 쇼윈도 밖에서 삐죽대고 서 있는 걸 데리고 들어와서 햄버거를 마음껏 먹게 해줬잖아.

가여운 년, 얼마나 배가 고팠겠어. 대체 얼마나 배가 고팠길래 햄버거를 훔쳐 달아났겠어. 한편으로는 고마웠지. 내 햄버거를 아직도 좋아해주는 사람이 있구나. 나는 아직 살아도 되겠구나.

딸이 생각나서 그랬다. 제이니. 불쌍한 년. 제이니가 죽은 뒤 나는 삼십 년 동안 혼자 살았다. 나는 제이니가 떠오를 때마다 햄버거를 만들었다.

썅년아, 그렇게 좋아하는 햄버거도 줬잖아? 나 좀 안아주고 어루만져주는 게 그렇게 싫었어? 나는 저 계집애가 예뻤어. 그래서 괴롭히지 않고는 못 견뎠다. 때리고 잡아챘지. 할퀴고 물어뜯었어. 벗기고 긁었어. 마음껏 사랑해줬어. 불쌍한 내 딸 제이니. 잘 있니? 제이니, 아빠라고 불러봐. 나는 아빠라고 불러달라고 했어. 아빠. 아빠. 따라 해봐. 저 배은망덕한 계집애는 고개를 가로저었지. 나는 제이니가 아니야. 내가 애원하자 저년이 침을 뱉었어. 당신은 내 아빠가 아니야. 나는 제이니가 아니라고! 내가 그렇게 잘해줬는데 그게 그렇게 어려웠나.

나는 그때부터 저년을 사냥하려고 했다. 저 계집애를 묶어놓고 내 마음대로 만질 거야. 마음대로 사랑할 거야. 서핑보드. 저 계집애를 햄버거로 만들 거야.

네 이름은 DB. 얼마 전에 들었다. 저놈이 계집애를 DB라고 부르는 걸.

DB. DB. DB. DB. DB. DB. DB. DB. DB. DB. DB. DB. DB. DB. DB. DB. DB. DB. DB. DB. DB. DB. DB. DB. DB. DB. DB. DB. DB. DB. DB. DB. DB. DB. DB. DB. DB. DB. DB. DB. DB. DB. DB. 내 머릿속은 금세 DB로 가득차버렸지. 이렇게 친근하게 불러주지 않아서 도망친 건가. 아빠라고 불러볼래? 제이니. 아니, DB?

나는 그들을 기다린다. 풀숲에 숨어서. 올 때가 됐는데. 저기 있다! 저기 저주받은 원자력발전소까지 너희들은 조잘대면서 간다. 달빛 아래 반사되는 흉악한 젊음. 이끼 같은 나이. 젊음은 미끼에 유인당하기 쉽지.

사유는 행동에 깃들어 있다.

잠깐. 이 소리 들리지? 저 계집애는 아빠가 죽은 뒤로 헛소리를 지껄인다. 암소의 목소리라나 뭐라나. 정신병에 걸려 허황되기 그지없는 이야기를 늘어놓는다. 불쌍한 년이지. 내가 아니었으면 진작 정신병원에 들어갔을 거야. 그러니까 나한테 잘 보였으면 내가 평생 햄버거도 주고 딸처럼 예뻐해줬을 텐데.

행동은 사유의 시녀가 아니다.

또 들린다. 저 음탕한 계집애의 한풀이.

마카오는 포르투갈의 식민지였고, 1999년 반환됐다.
우울함. 목조. 화재. 목조. 화재. 신의 저주.

저 계집애가 난동을 부리면서 주저앉는 게 보인다. 지금이다. 발소리를 내지 않고. 살금살금 다가가. 두 연놈들의 목을 물어뜯어야 해. 크누트 함순 『굶주림』.

아, 저 자식이 주위를 두리번거린다.

수풀 속에 몸을 숨겨.

숨을 죽이고.

조심. 나는 하나고 적은 둘이다.

늙음은 힘을 잃었지만 지혜를 얻었다는 증거.

방심했을 때 단번에 죽여야 해. 그게 가장 신선해.

아무것도 모를 때 죽어야 해. 그게 가장 기름져.

나는 외롭지 않아도 외롭다고 중얼거린다.

저런, 저들이 움직인다. 펜션 방향으로 되돌아간다. 저놈이 계집애를 품에 안고 가고 있다. 개자식. 제이니, 조금만 기다려. 내가 구해줄게.

완벽한 사냥의 기회를 놓쳤다.

피 한 방울 흘리지 않고 녀석들을 생포할 기회를 놓쳤다.

늙은 사냥꾼의 회한.

지혜가 배가될수록 쾌감이 줄어든다.

나는 점점 지쳐간다. 죽음에 가까워질수록 힘을 잃어간다.

죽음에 이르면 더이상 햄버거를 만들 수 없겠지. 제이니를 그리워할 수 없겠지.

어차피 내가 만든 건 햄버거가 아니다. 사람들이 먹지 않으면 햄버거는 햄버거가 아니다.

모두 저 원자력발전소 때문이다. 저 집은 재앙이다. 문둥병 환자들이 떠도는 교도소다. 문둥병 환자들은 영혼도 썩었는가?

저들의 눈빛은 처음부터 마음에 들지 않았다. 죽음을 앞에 둔 눈빛. 죽음을 두려워하지 않는 눈빛. 솔직히 나는 그런 사냥감들을 두려워한다. 죽여달라고 속삭이거든. 죽여줘. 죽여줘, 날. 그 대신 너는 더 상처받게 될걸. 평생 고통스럽게 살아가게 될걸.

빌어먹을, 떠드는 사이 그들이 시야에서 사라졌다. 잠깐, 어디 있는 거지?

찾았다. 저기 저수지를 지나 펜션으로 들어가려고 하고 있다. 요새 나는 저놈의 펜션에 가기 두렵다. 110호 근처에만 가면 납덩이 냄새가 난다. 시큼한 탄환 냄새. 나를 기다리는 침묵의 암살자. 총알이 몸에 박히면 나는 산산조각 난다.

나는 아직 죽기 싫다. 죽기 전에 DB를 먼저 구해야 한다. DB를 다시 한번 안아봐야겠다. 걱정 마, 내가 살려줄게. 아빠라고 불러볼래?

저들을 생포하기 위해선 머리를 써야 한다. 힘과 무기만 있으면 사냥꾼이 아니다. 사냥꾼에게는 이성이 필수적이다. 나는 전화를 건다. 여보게. 경찰서인가. 어제 전화한 사람이다. 그는 나를 믿지 않는다. 내 목소리를 증오한다. 나는 계속 말한다. 여기 정신병자가 있다. 어린애를 펜션에 가두고 하루에도 몇 번씩 강간한다. 이건 장난전화가 아니다. 그는 전화를 끊는다.

오늘은 내일로.

기다림은 사냥의 덕목.

나는 사냥을 한다.

낮은 자세로.

만반의 기다림.

추억. 횡포.

나는 사랑을 잃었어.

묘사

나는 DB가 침대 밑에 숨겨둔 노트를 가끔 훔쳐본다. DB도 어린 시절의 나처럼 시시콜콜한 순간이나 쓸데없는 감정을 묘사하는 걸 좋아한다. DB의 노트에는 특히 아빠에 대한 묘사가 많다. 잊기 전에 얼른 적어둔 것처럼 글씨는 엉망이지만 DB의 애틋한 마음만은 고스란히 느껴진다. 기분 탓인지 몰라도 글을 쓰기 시작한 뒤 DB가 어른처럼 느껴진다.

어렴풋이 기억난다. DB처럼 나도 어렸을 때 모든 것을 묘사하려고 애썼다. 잠에서 깨어 눈을 뜨는 게 좋았다. 햇빛을 느꼈다. 바람 소리에 귀를 기울였다. 지나가는 사람들이 무슨 말을 하나 상상했다. 개미굴을 하루종일 들여다봤다.

개미는 나를 먹지 않았어. 섭섭하게. 그게 알록달록했었나. 무지개가 아니라 푸르스름한 쥐색이지.

엄마에게 개미굴을 묘사하기 위해 애쓰던 장면이 떠오른다. 엄마는 뭐가 그리 바쁜지 내 말을 듣는 둥 마는 둥 했다. 묘사를 하는 근본적인 이유는 외로워서야.

좀더 자라서는 묘사하는 걸 즐기지 않게 됐다. 아무도 묘사를 좋아하지 않는다는 것을 깨달았기 때문이다. 모두 바빠서 묘사에 귀기울일 시간이 없다는 것도. 게다가 묘사는 비경제적이다. 묘사는 감정적이라는 오해를 불러일으킨다. 묘사는 논리적이지 않다. 철학적이지 않다. 묘사는 피곤하다. 묘사를 하지 않으면 그럭저럭 살 만한 세상이다. 묘사하지 않아도 많은 것을 알 수 있다. 많은 것을 알수록 더 많은 것을 잃어가고 있다. 많은 것을 잃으면 아무것도 버릴 수 없다.

쓸데없는 고민. 이젠 아무래도 상관없다. 홍학이 되기 시작한 이후에는 특별히 묘사를 의식하지 않는다. 묘사는 인간의 습성이니까.

몽유병

언제부턴가 밤이 되면 DB는 홍학의 뇌 속을 돌아다닌다. 자다가 벌떡 일어나 무의식적으로 홍학의 뇌 곳곳을 들쑤신다. 저벅저벅 아빠를 찾아 헤맨다. 벽면에 부딪힌다. 바닥에 엎드린다. 머리를 조아린다. 홍학의 뇌를 자극하고 매만진다. 홍학의 뇌에서 추억들이 튀어나온다. 후회가 넘친다. 얼굴들이 솟아오른다. 이름들이 불쑥 고개를 든다. 공포와 환희가 삐져나온다. 과오와 수치가 넘실거린다.

DB는 갖은 노력 끝에 홍학의 뇌를 벗어난다. DB는 110을 벗어난다. DB는 나를 벗어나려 한다. DB는 홍학의 껍데기를 떠나고 있다.

잠깐 DB, 너 어디 가는 거지?

내가 외친다.

땅콩과의 섹스는 나의 번잡한 주둥이.

당신은 인간인가 쥐인가.

DB는 DB가 아니다. DB를 따라가는 나는 DB를 따라가고 있지만 정신이 멀쩡한 DB를 따라가는 게 아니므로 DB를 따라간다고 해야 할지 DB를 따라가는 게 아니라고 해야 할지 모르겠다. 어쨌든 쉽게 말해 나는 몽유병에 휘청거리는 DB의 육신을 쫓고 있다.

어느덧 DB가 달맞이꽃을 닮은 둥지에 다다른다. DB는 녹색 광선을 내뿜는 둥지 외벽을 맴돈다. 저멀리 시름시름 앓는 둥지 앞에 경비들이 서성이는 게 보인다. 나는 DB를 가로막고 돌아가자고 속삭인다. DB는 내게 덤벼든다. 나는 DB를 붙잡는다. DB가 내게 주먹을 휘두른다.

아빠가 부른다. 우리집으로 오래.

DB가 중얼거린다.

저는 이곳에서 죽어가고 있습니다.
모닥불이, 모닥불이, 모닥불이 존재합니다.
다섯 가지 고통, 세 가지 기쁨.
바퀴와 바퀴로 태어나고 싶다.

DB의 목에서 중년 남자 목소리가 흘러나온다. DB의 아빠다. DB가 비틀거린다. DB가 주저앉는다. DB가 울기 시작한다. 네가 춤을 춰주면 DB는 눈물을 멈추고 금세 웃을 텐데.

햄버거 먹고 싶니?

나는 이 말밖에 할 줄 모른다.

아저씨가 준 노트에 글을 쓰기 시작한 뒤로 아빠가 되살아났어요.

글을 쓰면 모든 게 떠오르고 기억났어요. 꿈속에서도 아빠 목소리가 들려요. 그 개새끼가 지껄이고 있었어요.

DB가 중얼거린다. 발레를 배우는 둥지의 홍학들은 이쪽으로 고개를 기웃거린다. 그쪽으로 눈을 돌리자 홍학들이 공중으로 떠올라 사라진다.

분신

이 글에서 내가 언급하는 작가들은 대부분 홍학이다. 홍학이 아니라도 홍학이 되는 중이거나 홍학에 가까운 상태다. 그들은 하나같이 자신을 숨기고 싶어한다. 나는 그들과 교감을 나눈다. 짧거나 긴 편지를 주고받기도 한다. 때론 직접 만나 대화를 하기도 한다. 방금 여기에 그들과의 만남에 대해 구체적으로 적었지만 그들이 원하지 않을 것 같아 지워버렸다.

와우산
물보라

다만 그들을 만나고 온 날 밤 이 두 단어를 적었다는 것만 밝힌다.

내가 그들이 홍학이라는 걸 지금에 와서야 밝히는 이유는 간단하다. 그들이 홍학이란 사실이 공개되는 순간 이 글을 읽는 이들은 홍학이 한낱 시시한 메타포라고 착각할 수도 있기 때문이다.

이 글에 알레고리나 메타포, 아이러니 따위의 수작은 없다. 다시 한 번 강조하지만 이 글은 홍학의 입에서 나온 이야기를 되도록 그대로 적어서 인쇄한 것이다.

고백

저는 당신이 작은 인간과 동물원에 찾아온 그날을 잊지 못해요. 저는 귀엽고 조그만 인간의 아이를 봤어요. 저는 제게 과자와 쓰레기를 던지는 아이들. 저는 욕설을 내뱉는 아이들. 저는 처음에는 그 아이들이 떠올라 당황했어요. 저는 당신과 그 아이가 다정한 모습을 보고 질투가 났어요. 저는 당신의 이야기를 듣곤 곧 오해를 풀었지만요.

저는 지금 당신을 그리워하며 인간이 만든 호수 위를 거닐고 있어요. 저는 막 잠에서 깨어나 먹이를 먹었어요. 저는 제가 먹는 것들을 의식하지 않아요. 저는 주는 대로 입에 넣어요. 저는 하루에 보통 다섯 끼를 먹어요. 저는 사육사가 주면 하루에 여덟 끼도 먹지요. 저는 모르긴 몰라도 열 끼도 먹을 수 있을 거예요. 저는 배가 터질 때까지 먹으라고 한다면 순순히 그렇게 할 거예요. 저는 알아요. 저는 배가 터지면 사육사들은 제 배를 꿰매줄 거예요. 저는 그 상태로 인공 호수 위를 걸을 거예요. 저는 당신을 그리워하며.

저는 그런데 당신 어디에서 자꾸 말을 거는 건가요. 저는 왜 제게 자꾸 신호를 보내는 건가요. 저는 당신이 그러면 그럴수록 고통스러워요. 저는 당신도 알잖아요. 저는 당신이 있는 곳으로 날아가지 못해요. 저는 당신의 집에서 보이는 둥지를 향해 날지 못해요. 저는 당신의 눈앞에 나타날 수 없어요. 저는 갇혀 있어요. 저는 자유롭게 날 수 없어요. 저는 이곳에서 달아나지 못하도록 인간들이 날개의 칼깃을 잘랐어요. 저는 연약한 날개를 지니고 있어요.

저는 당신의 음성이 들릴 때마다 당신을 찾아보는데 당신이 없어요. 저는 매일매일 저를 구경하러 온 사람들 중에 당신이 있나 찾아봐요. 저는 없어요. 저는 당신이 없어요. 저는 당신을 만지고 싶어요.

저는 그런데 오히려 당신이 나를 찾아오지 않는 편이 나아요. 저는 당신이 이곳을 찾아올 때마다 더욱 괴로워요. 저는 당신이 눈앞에 있는데 당신을 만질 수 없으면 얼마나 겁나고 허무한지 알아요? 저는 알아요. 저는 당신도 슬프다는 걸요.

저는 당신이 홍학이란 것을 알아요. 저는 당신을 처음 본 날 그걸 알아차렸어요. 저는 사랑에 빠져버렸어요. 저는 그러나 당신은 완전한 홍학이 아니에요. 저는 동료들은 당신이 홍학이란 걸 짐작도 하지 못할걸요. 저는 여러 번 말했지만 당신은 저와 다른 존재예요. 저는 2차원과 3차원과 4차원의 차이가 아마 우리보다 더 가까울 거예요. 저는 당신의 성기는 제 몸에 맞지 않아요. 저는 당신과 알을 낳을 수 없어요. 저는 아직 때가 아니에요. 저는 어쩌면 영원히. 저는 당신은 저주를 받았어요. 저는 저주를 받았어요. 저는 미신을 아주 잘 믿어요.

저는 당신과 아이가 다녀간 뒤부터 시름시름 앓고 있어요. 저는 우울증에 걸렸어요. 저는 수의사가 그랬어요. 저는 가본 적도 없는 고향을 그리워하고 있다고. 저는 기생충 때문이라고. 저는 발정기라서 그렇다고. 저는 그래서 동료들에게 따돌림당하고 있어요. 저는 천덕꾸러기. 저는 그들은 이렇게 수군거려요. 저는 알아요. 저는 아픈 건 당신을 만지지 못해서예요.

저는 당신을 만난 뒤 제 자신이 싫어졌어요. 저는 사육사가 주는 건새우가 싫어졌어요. 저는 빨간 몸이 창피해졌어요. 저는 당신과 오랫동안 대화하고 싶어요. 저는 당신의 살갗과 같은 색이 되고 싶어요.

저는 사육사가 오면 피해요. 저는 어딘가 불편한 척을 해요. 저는 호수 속에 머리를 넣고 숨을 참아요. 저는 머리를 철조망에 들이밀고 사람들을 놀라게 해요. 저는 동료들과 다투고 그들을 깨물어요. 저는 가끔 사육사에게 주사를 맞고 잠이 들어요. 저는 사육사를 증오해요. 저는 그래서 미움받아요.

저는 당신이 생각나면 나를 구경하고 있는 사람들에게 외쳐요. 저는 안아주세요. 저는 구두를 신을 수 있나요. 저는 오므라이스를 먹어본 적이 없어요. 저는 혹시 다른 나라를 가봤나요. 저는 아무도 대답이 없어요. 저는 그들은 저를 구경거리로 여길 뿐이죠.

저는 당신은 글을 쓴다고 했어요. 저는 당신이 쓰는 모든 글이 제게 바치는 거라고 했잖아요. 저는 그런데 아무도 당신의 글을 인정해주지 않는다고 말했잖아요. 저는 물었죠. 저는 그럼 글을 왜 쓰나요. 저는 당신은 말했어요. 저는 글을 쓰는 동안 살아 있는 것을 잊는다고. 저는 당신의 글이 궁금해요.

저는 이제 당신 말을 조금 이해할 수 있을 거 같아요. 저는 비슷한 경험이 있어요. 저는 춤을 추는 동안 살아 있다는 것을 망각해요. 저는 춤을 출 때마다 홍학이라는 것을 잊어요. 저는 숨쉬고 있다는 게 중요하지 않아요. 저는 배우예요. 저는 무대에 서요. 저는 인간들을 대상으로 공연을 해요. 저는 인간의 노래에 맞춰 춤을 춰요. 저는 타고나길 그랬어요. 저는 우리는 서로를 따라 하는 습성을 타고났어요. 저는 인간이 그 특성을 이용해 우리를 무대에 올리는 게 불쾌하지만은 않아요. 저는 무대에 올라가면 사람들이 박수를 쳐주거든요. 저는 그럼 쾌감이 느껴져요. 저는 우리는 끝없이 춤을 춰요. 저는 타고난 춤꾼.

저는 요새는 춤을 춰도 행복하지 않아요. 저는 인간들이 아무리 박수를 쳐도 기쁘지 않아요. 저는 원래 춤을 추는 동안 아무 생각도 하지 않았어요. 저는 순간의 쾌락만 느낄 뿐 아무 생각도 나지 않았어요. 저는 그러나 요새는 춤을 추면서도 당신을 떠올려요. 저는 당신을 떠올리느라 발을 헛디디고 리듬을 놓쳐요. 저는 동료들을 방해해요. 저는 그런 제가 싫어요. 저는 사육사의 구박을 받아요. 저는 사육사의 목을 문 적도 있어요. 사육사는 피를 흘리고 동료들이 혀를 끌끌 찼어요. 저는 외톨이예요.

저는 당신이 보는 앞에서만 춤추고 싶어요. 저는 모두 당신 때문이에요. 저는 당신이 저를 알아봤기 때문이에요. 저는 그래서 제가 당신을 알아봤기 때문이에요. 저는 당신처럼 되고 싶어요. 저는 지긋지긋한 이 몸에서 벗어나고 싶어요.

저는 초대할게요.

저는 마지막 공연.

저는 이 공연이 끝나면 당신을 안을 수 있길 간절히 바라요.

저는 역사.

저는 몸과 햇빛.

노천극장

홍학 무리는 붉은 물결이 된다. 붉은 물결이 출렁인다. 전염병. 물빛의 손아귀. 붉은 물결이 동물원 노천극장을 뒤덮는다. 잠수부.

돈 주고 산 슬픔
얼음과 지저귐

붉은 물결이 사육사의 손짓에 맞추어 좌우로 겅중겅중 뛰어다닌다. 붉은 물결이 커다란 날개를 흔들고 고개를 한방향으로 돌린다. 붉은 물결이 발걸음을 맞추고 한몸처럼 움직이는 데 인간은 쾌감을 느낀다.

붉은 물결 틈에 네가 보인다. 한눈에 알아볼 수 있다. 경쾌한 음악 속에 네가 있다. 음악에 몸을 맡긴 너와 네 종족들이 있다.

DB의 종족들은 너희들을 구경하고 있다. DB는 내 옆에 앉아 네가 어디 있는지 묻는다. 나는 네가 있는 곳을 손으로 가리킨다. DB는 자신의 눈에는 모든 홍학들의 생김새가 똑같아 보이는데 어떻게 단번에 너를 찾아내는지 신기하다고 한다. 나는 네가 어디 있든지 너를 한눈에 알아볼 수 있다. 붉은 물결 위로 도드라진 신호. 너를 보면 혀가 굳는다.

오랜만이다.

내가 속삭인다. 너는 쉼없이 움직이면서도 시선을 내게 고정시키고 있다. DB가 내게 인사를 전해달라고 귓속말을 한다.

인사를 전해달래.

내가 중얼거린다. 너는 고개를 끄덕인다. 사육사가 호각을 분다. 너희들은 고개를 돌리고 다시 다른 방향으로 돌린다. 사람들은 휘파람을 불고 박수를 친다.

너는 지쳐 보인다. 너는 웃고 있고 울고 있다. 다랑어. 다홍색 동그라미.

중국 손님에게 정육면체에 대해 물어볼래?

이상한 일이다. 어느 순간부터 너는 움직이지 않는다. 붉은 물결이 무대 왼편으로 옮겨갈 때 너는 가만히 서 있었다. 오른쪽으로 뛰어갈 때도 너는 무대 중앙에 가만히 서 있었다. 높이 뛰어오를 때도 너는 그 자리에 서 있었다. 너는 붉은 물결이 아니다. 너는 주인공이다.

사육사가 네게 다가간다. 네게 수신호를 보낸다. 네 몸을 두드리며 귓속말을 한다. 너는 나를 뚫어져라 바라보며 꼿꼿이 서 있다. 사육사에게 아무런 반응도 보이지 않는다. 잠을 자는 것처럼 서 있다. 잠을 자고 있다. 너는 꿈을 꾸고 있다. 하얀 말이 달린다. 높은 구릉으로.

왜 그래?

내가 묻는다. 목소리가 컸는지 DB가 물끄러미 나를 바라본다. 춤을 출 때 내가 떠올라 괴롭다던 네 말이 떠오른다.

네게 달려가고 싶다.

너와 이곳을 벗어나고 싶다.

겁쟁이 새끼.

내가 속삭인다. 그러자 너는 괴상한 소리를 지르기 시작한다. 그 소리는 기괴하고 음산하다. 악마가 낳은 비행기. 무차별적 적의. 솔로몬.

관객들이 웅성거리기 시작한다. 아이들이 울기 시작한다. DB도 무섭다고 한다. 관중들에게 사과하는 내용의 방송이 흘러나온다. 사육사는 나머지 홍학들을 들여보낸다. 붉은 물결은 사라진다. 악수와 마라토너.

사육사가 네게 다가간다. 화가 난 듯 거칠게 너를 다룬다. 너는 사육사를 피해 날개를 푸드득거리며 풀쩍풀쩍 뛰어다닌다. 너는 더욱 크게 울부짖기 시작한다. 겁을 먹은 관중들이 노천극장을 서둘러 벗어난다. 사육사는 심각한 표정으로 무전기를 들고 돌아다닌다. 나는 네가 노천극장을 빠져나가는 관중들을 마구 쪼는 상상을 한다. 그때 포망을 든 사육사가 들어온다. 나는 너의 겁에 질린 표정을 본다. 사육사가 네게 빠르게 다가간다.

여객기가 증발했다!
구렁이. 승모근. 그들 사이의 물병.

나는 자리에서 일어선다. 사람들을 헤치고 무대를 향해 달려간다. 네가 점점 가까워진다. 너는 간절한 표정으로 나를 바라보고 있다. 조금만 기다려. 나는 이제 너를 구할 수 있다.

무대에 다다랐을 때 건장한 사육사 둘이 나를 가로막는다. 나는 그들을 밀친다. 그들이 내 멱살을 잡고 바닥에 내팽개친다. 네가 눈앞에 있는데 네게 가지 못한다. 나는 너를 향해 손을 뻗는다. 그들은 내 손을 저지한다.

당신은 누구인가?

그들 중 하나가 묻는다.

나는 홍학이다.

나는 외친다.

나는 홍학이다.

나는 더 크게 외친다. 사육사들이 어리둥절한 표정을 짓는다.

나는 홍학이다.

나는 울부짖는다. 사육사들이 당황한 듯 뒤로 물러선다. 나는 그들에게 달려든다. 나도 모르는 사이 솟아오른 부리로 그들을 찢는다. 발톱으로 할퀸다. 사육사들의 몸에서 붉은 물결이 흘러나온다.

나는 너를 부른다. 네 이름을 부른다. 너도 내 이름을 부른다. 내가 너를 뭐라고 불렀는지 기억나지 않는다. 네가 나를 어떻게 불렀는지 기억나지 않는다. 우리에겐 이름이 없다.

사육사들이 희미해지더니 순식간에 사라진다. 나는 무대에 올라선다. 네가 다가온다. 네가 손을 뻗는다. 나도 손을 뻗는다. 그러나 너는 잡히지 않는다. 너는 점점 옅어진다. 네가 완전히 사라지고 나는 이 세상에 혼자 남는다. 상상은 여기까지다.

현실의 나는 무대 위에 우두커니 서 있다. 너는 포망에 담긴 채 끌려나가고 있다. 나는 네게 다가간다.

왜 그러세요?

사육사가 나를 저지한다. 나는 사육사를 밀친다. 사육사가 내 멱살을 움켜쥔다. 나는 숨을 죽인다. 현실적이다.

인공 호수

인공 호수 위에 달빛이 떨어진다. 하얀 모닥불이 이글이글 타오른다. 여기는 지옥이며 현실이다. 현실이며 자유다. 나는 자유 속에서 너를 기다린다. 완전한 홍학이 된 느낌이 든다.

홍학들이 유유자적하게 인공 호수 위를 거니는 게 보인다. 나는 그들에게 살금살금 다가간다. 그들은 나를 흘깃거리고는 깃털을 다듬거나 호수를 뒤적인다. 나는 그들과 비슷하게 행동한다. 그들은 간혹 부리를 까닥 움직이며 인사를 건네기도 한다. 나는 그들을 따라 인사한다. 그들은 나를 경계하지 않는다. 내 느낌이 맞다. 그들도 나를 홍학으로 여기고 있는 게 확실하다.

나는 날개가 있다. 날갯짓을 하자 몸이 공중에 붕 떴다가 가라앉는다. 충동. 돌멩이.

나는 부리가 있다. 무겁고 낯설다. 부메랑을 주고받는 소년들.

나는 호수 물을 삼킨다. 인간일 때보다 물이 몸속에 흡수되는 소리가 크게 들린다. 소변이 저절로 흘러나온다. 굵은 뿔. 폭풍우. 나도 모른다. 샛별을 말하는 건가. 플랑크톤. 식별 띠. 불곰 말인가?

홍학들이 대화를 나눈다. 홍학들은 밤에 대해 말하고 있다. 깃털에 대해 말하고 있다. 외로움에 대해 이야기하고 있다. 자신들의 한계에 대해 의견을 교환하고 있다. 유전자에 각인된 호수와 인공 호수의 차이점에 대해 논쟁을 벌인다. 나는 그들 틈으로 슬며시 스며든다.

살구, 벌꿀
식인종과 별빛

그들은 오늘 있었던 일에 대해서도 이야기한다. 너에 대해, 너의 경솔함에 대해, 누구의 잘못인지에 대해 이야기한다. 이 사태에 대한 자신들의 입장을 이야기한다. 나는 주위를 두리번거린다. 너는 어디에도 없다.

나는 대화에 끼어들어 네 행방에 대해 슬쩍 묻는다. 대다수가 잘 모르겠다고 한다. 몇몇이 너를 아까 본 것 같다고 말한다. 나는 너를 어디에서 봤냐고 묻는다. 사료 포대. 사육사 숙직실. 폐기물 창고. 여러 가지 대답이 돌아온다. 내가 더 캐묻자 그들은 그 천덕꾸러기를 왜 찾느냐며 의심 섞인 눈으로 바라본다.

그때 인간의 발소리가 들린다. 사육사가 우리에게 다가온다. 그는 기다란 막대로 호수 위에 흩어진 오물을 건지고 있다. 포망을 씌워 너를 잡아갔던 사육사다.

사육사가 다가오자 홍학들은 말을 멈추고 흩어지기 시작한다. 마음이 다급해진다. 계속 네 행방을 묻는다. 홍학들은 못 들은 척하며 내게서 멀어진다.

살고 싶으면 가만히 있어.

누군가 내게 속삭이며 저멀리 물러난다.

사육사가 더욱 가까이 다가온다. 여기저기를 둘러보며 점검을 한다. 인간일 때보다 좀더 낮은 곳에서 심장이 떨린다.

너는 어디 있지?

너를 어떻게 했지?

내가 소리지른다. 그러나 내 목을 통해서는 인간의 목소리가 나오지 않는다. 노천극장에서 들었던 네 울부짖음과 비슷한 소리만 흘러나온다. 사육사가 고개를 갸웃거리며 내게 다가온다. 나는 그를 노려본다. 사육사도 나를 꼬나보며 막대기로 인공 호수 바닥을 툭툭 두드린다. 깃털이 곤두서는 느낌이 든다. 태초의 공포가 내장에서 새어나와 혈액으로 스며든다. 의식하지 못한 사이 나는 아주 얌전히 서 있다. 사육사는 나를 훑어보더니 툭툭 두드리고는 돌아간다. 나도 홍학들 틈으로 돌아간다. 홍학들은 그사이 모두 잠들어 있다. 나도 눈을 감는다. 해가 뜨면 아침이고 해가 지면 밤이다. 그 가운데는 새벽이다.

DB의 노트

아빠가 천장에 목을 걸었어
나 혼자만 집을 나섰지
동물원에 다녀왔어
아무도 없었어
말해봐, 아빠
뭐가 잘못됐어?
아침을 거르면 해가 뜬다는 말
땅만 보고 걸으면 잠들 수 있다는 말
혀를 내밀어봤어
아빠처럼 무릎을 꿇고 귀를 틀어막고 알사탕을 삼켰어
아빠는 죄가 없어
매듭을 풀고 싶어도 시간만 흘렀어
개미떼가 호수를 덮었어
아빠는 그네를 타고 있었어

경고

DB는 잠들어 있다. 나는 DB 곁에 누워 있다. DB는 몸을 뒤척인다. 나는 DB를 깨우지 않기 위해 숨을 죽인다.

밤은 깊었지만 나는 잠들지 않았다. 두드러기 때문에 몸이 가려워서 잠들 수 없다. 나는 긁지 않고 버틴다. 네가 없는 세상에서 더이상 홍학이 될 이유가 없다.

창가에 걸터앉는다. 새벽은 부드럽다. 새벽이 책을 읽진 않고 쌓아놓기만 하는 둥지를 부드럽게 감싸안는다.

내 눈에 보이는 풍경은 DB가 보는 것과 다르다. 내 눈에는 편두통을 앓고 있는 둥지 위를 날아다니는 홍학이 보인다. 우리는 눈이 마주친다. 멀리에서도 그 홍학이 뚫어질 듯 나를 응시하는 게 보인다. 나는 그에게 네가 어디 있는지 묻는다. 그 홍학은 내 질문이 귀찮다는 듯 방향을 틀어 빠른 속도로 달아난다.

쌔근쌔근 부들부들 뭐 이런 단어들은 좋아하지.

사르트르 닮은 사람 발견!

나는 내가 싫다. 내가 싫기 때문이다.

암소들이 중얼거리기 시작한다. 나는 침대에 걸터앉아 DB를 다독인다. 얼마 지나지 않아 DB가 다시 깊은 잠에 빠져든다. 나는 꿈을 절대 꾸지 않는 둥지로 눈을 돌린다. 그사이 홍학은 사라지고 없다. 내 눈과 DB의 눈에 보이는 풍경은 이제 같다.

위험하다.

한동안 잠잠하던 DB가 벌떡 일어난다. 나는 깜짝 놀라 DB를 바라본다. DB는 다시 눕는다. 고요해진다. 괜찮아. 우리는 고요에 익숙해진다. DB는 깊은 잠에 빠져든다. 나는 너를 생각한다. 그러자 불현듯 견딜 수 없이 가려워진다.

DB, 뭐가 위험하다는 거지?

나는 작은 목소리로 말한다. 나는 침대에서 일어나 거울 앞에 선다. 거울 속에 내 모습이 비친다. 나는 옷을 벗는다. 알몸이 된다. 인간. 삼십대 남자. 나는 부리가 돋아나지 않았다. 두 팔이 있다. 두 다리가 있다. 인간의 성기가 있고 항문이 있다. 나는 다시 인간으로 돌아왔다. 나는 붉은색이 아니라 살색이다. 동물원이 아니라 외삼촌의 펜션에 있다. 서서 자지 않고 침대에 누워서 잔다. 나는 홍학 무리에 뒤섞여 있는 게 아니라 DB 곁에 있다. 나는 꿈을 꾸고 제멋대로 상상하는 인간이다.

나무를 심었나? 우리 손엔 묘목 한 그루 없었는데.

아저씨 곁에 홍학이 떠다녀요.

나는 DB의 목소리를 흉내낸다.

게으른 홍학을 처단하자.

사육사의 목소리를 흉내내며 몸을 긁기 시작한다. 곧 몸이 붉게 부풀어오른다. 인공 호수 위를 걷듯 사뿐사뿐 방안을 돌아다닌다. 네 춤을 떠올리며 비슷하게 몸을 놀린다. 네 울음소리를 따라 내본다.

전염병을 옮기고 다니는 넌. 아빠라고 불러봐!

물수리의 목소리를 흉내낸다.

공동묘지를 알아요. 저는 대머리와 매킨토시를 묻었어요.

암소가 호들갑을 떤다. 침대에서 무언가 부스럭거리는 소리도 들린다. 거울 속으로 DB를 본다. 곤히 잠든 DB의 머리맡에 누군가 서 있다. 나는 깜짝 놀라 뒤를 돌아본다. 거뭇거뭇한 그림자가 보인다. 그림자는 부풀어오르다가 줄어들고 일그러지다가 샘솟는다. 그림자의 장막이 걷힌 뒤엔 붉은 육체가 보인다. 너다.

불쌍한 영혼들, 이 동네에 죽은 나무늘보는 한 마리뿐이야.

왜 이제 왔어?

내가 묻는다. 울먹이는 인간의 목소리. 먹구름과 하늘소. 책받침과 비웃음.

너는 대답 없이 천천히 다가온다. 내 앞에 선다. 희미한 웃음이 네 표정에 묻어난다. 너에게서 물비린내가 난다. 죽음의 향기도.

어디에 있었어?

내가 묻는다. 너는 입을 움직인다. 아무 소리도 들리지 않는다. 귀를 네 부리에 가까이 대고 같은 질문을 한다. 너는 입을 더 크게 움직인다. 네 목에서 갈라진 울부짖음이 새어나온다. 메모지. 파라솔.

나는 네 머리를 천천히 어루만진다. 너는 나를 멀거니 바라본다. 네 눈에는 슬픔이 어려 있다. 너는 날개를 펼친다. 아주 천천히 날갯짓을 한다. 날갯짓을 따라 향긋하고 선선한 바람이 분다.

이중섭 생가에는 할머니가 살고 있었다.
거대한 나방이 옷걸이에 앉아 있어.

나는 홀린 듯이 네 품속으로 빨려들어간다. 너는 날개를 접어 나를 안아준다. 붉은 몸들이 엉기기 시작한다.

심해는 어둡겠지 괴물도 살고.
햇빛은?
할머니는 따분한 표정으로 바람을 쐬고 있었다.

위험하다.

그때 DB가 소리를 지른다. 네가 놀란 듯 몸을 움찔하며 내게서 떨어져나온다. 너는 나를 망연히 바라보다가 창문으로 간다.

어디로 가?

내가 묻는다. 너는 날개를 펼친다. 나도 날개를 펼치듯 팔을 좌우로 뻗는다. 너는 날개를 움직인다. 나도 따라 한다. 너는 공중에 뜨지만 나는 뜨지 않는다.

너는 그대로 창문을 넘어선다. 간곡하게 애원하는 둥지를 향해 날아간다. 간혹 고개를 돌려 나를 바라본다.

당신이 사랑하는 홍학이 위험하다.

DB가 또 말한다. 나는 DB를 본다.

아빠가 우리집으로 오래.

DB가 중얼거린다. 그리고 침대에서 벗어나 밖으로 나간다. 나는 DB를 따라 나간다.

사랑하는 사람과 사랑받는 사람에 대해 생각했다.
아무것도 결심하지 않았다.
아벨 페라라 〈악질 경찰〉.

DB는 1986년 12월 17일에 태어난 둥지를 향해 걷고 있다. 나는 DB를 뒤따른다. 너는 성경을 암송하는 둥지를 빙빙 돌고 있다. 몇 마리의 홍학들과 어울리고 있다. 그들은 연처럼 허공을 떠다니다가 시야에서 사라진다.

집이 흔들린다. 모두 죽음으로 안전하게 들어가자.

사냥개

죽음의 향기를 맡아.
눈을 가늠자에 대고 조준.
장전!
손가락을 방아쇠에 올리고.
죽음만을 생각해.

토끼 머리

나는 DB와 마주보고 선다. DB는 나와 마주보고 선다. 나는 옷을 벗는다. DB도 옷을 벗는다. 우리는 벌거숭이가 된다.

나는 몸을 긁는다. DB도 몸을 긁는다. 두 몸이 얽힌 채 서로의 몸을 긁어준다. 손톱을 세우고 정성을 다해 살결을 파헤친다. 우리의 몸이 빨개진다. 거울을 보지 않아도 우리의 몸이 보인다.

네 목소리를 들려줘.

내가 말한다. DB는 눈을 감고 목을 가다듬는다.

들려?

내가 묻는다.

아직.

DB는 고개를 가로젓는다.

이제 들려?

잠시 뒤 내가 또 묻는다.

아주 작게.

DB가 고개를 끄덕인다. DB는 입을 우물거린다. 아무 소리도 들리지 않는다.

잘 들리지 않아.

침착하게 귀기울여봐요.

쉿, 토끼 머리.

들려요?

DB가 묻는다.

아니, 암소의 목소리.

내가 대답한다.

좀더 간절하게.

DB가 재촉한다. 나는 눈을 감고 두 손을 모으고 너를 그리워한다.

내 몸에 귀를 대봐요.

얼마쯤 시간이 흘렀을 때 DB가 말한다. 나는 허리를 굽히고 DB의 가슴에 귀를 댄다. 심장이 움직인다. 피가 흐른다. 아직 내게 말하지 않은 스무 가지 비밀이 있다. 햄버거가 소화되는 소리가 들린다. 혈액 속에는 DB의 아빠가 있다. 발을 구른다. 원자로가 혈액에 묻어난다.

이야기, 내 이야기, 이야기?

내가 색맹이라는 걸 오늘에서야 알게 됐다.

DB의 몸속에서 암소가 수군대는 소리가 들린다. 나는 DB의 보드

라운 살결에 귀를 파묻고 너를 그리워한다.

저는 당신을 위한 춤.

오래지 않아 낯익은 목소리가 들린다. 곧 DB의 성대와 입을 통해 발화된다. 너의 목소리다. 내가 상상하던 너의 목소리다. 내가 만들어낸 너의 목소리다. 네 목소리가 실재한다.

들려. 이제 들려.

내가 말한다. DB는 눈을 감고 고개를 끄덕인다.

어디에 있지?

내가 묻는다.

저는 동물원 폐기물 창고.

거긴 왜?

저는 죽었어요.

DB의 눈에서 눈물이 떨어진다.

저는 몸에서 악취가 나요.

고함소리가 들린다. 울부짖음이 들린다. 내가 내는 소리다. 나는 홍학의 뇌를 부수고 엉망으로 만든다.

저는 약물.
저는 안락사.
저는 너무 걱정하지 마요.
저는 고통스럽지 않게 죽었어요.

내 탓이지?

천장에 달린 눈을 도려내.
해피, 사실 나는 너를 무서워했어.

암소들이 방해한다.
시끄러워!
내가 다그치자 암소들이 목소리를 낮춘다.
내가 자꾸 말을 걸었기 때문이지?
내 목소리는 슬픔이 섞여서 갈라지고 사라지고 나타난다.

저는 자책하지 말아요.
저는 당신의 말을 듣는 걸 좋아해요.
저는 이 죽음은 당신 탓이 아니에요.

이제 다시는 못 보는 거지?

식물학자, 과수원.
다섯 마리. 마리. 마리. marie. Mary.
백두산 천지에 괴물이 있어?
저는 당신을 보고 싶어요.
말처럼 달려라, 마부처럼 겨드랑이를 닦아.
나는 사람보다 동물이 되는 것을 좋아한다고 생각한다.

네가 그리워.

저는 나를 떠올리며 수많은 글을 썼다고 했잖아요.

나는 고개를 끄덕인다.

저는 당신이 쓴 글을 읽어줘요.

읽어줘요.
DB가 나를 바라본다. 너와 DB가 나를 바라본다.

저는 그럼 죽음이 무섭지 않을 것 같아요.
저는 그럼 외롭지 않을 것 같아요.
저는 매일매일 당신의 글을 상상하곤 했어요.
저는 당신의 글이 저를 어떻게 그려낼지 궁금했어요.

저는 당신의 마음이 궁금해요.

들려주세요.

DB가 위로하듯 내 몸을 매만진다. DB는 성숙한 여인이다. DB의 몸은 식물이다. 호리병과 안식일. 냉장고 속 토마토. 상한 우유.

나는 슬픔이 가라앉을 때까지 잠시 기다렸다가 책상 위에 있는 노트를 펼친다. 그리고 DB의 눈을 바라본다.

나는 의자에 앉아서 너를 기다린다
벨이 울리고 미닫이문이 열리지만 아무도 들어오지 않는다

나는 너를 위해 쓴 글을 읽기 시작한다. DB와 네가 귀기울이는 소리가 들린다.

나는 지퍼를 내린다
신분증이 꿈을 긁는다
부푼 달, 오르막길
거울 속 모과와 책상에 파인 이빨 자국들
커브를 돌면 구겨진 꿈들이 달아난다
나는 이 밤이 이렇게 흘러가는 것에 마음이 놓인다

내 목소리가 홍학의 뇌에 울려퍼진다.

저는 이 부분이 좋아요.

부푼 달, 오르막길
거울 속 모과와 책상에 파인 이빨 자국들
커브를 돌면 구겨진 꿈들이 달아난다
나는 이 밤이 이렇게 흘러가는 것에 마음이 놓인다

저는 느낄 수 있어요. 저는 당신을.

너와 DB가 흐느끼기 시작한다. 나는 잠시 말을 멈추고 너와 DB를 안아준다. 너와 DB의 무게. 장마. 아파트 외벽.

계속 읽어줘요.

DB와 네가 말한다.

유리컵 정물화가 전시된 갤러리
수백 다발의 흰 장갑을 주문하고 반송한다
그러나 더디게 다가오는 것들을 나는 모른다

저는 저도 당신이 그리울 때마다
당신을 생각하며 떠올린 말들이 있어요.
저는 들어볼래요?

나는 고개를 끄덕인다.

저는 당신은 밤만 되면 여섯 개의 긴 구멍을 열었어
저는 구멍에 입을 맞추고 소리질렀어

DB의 입에서 네 시가 흘러나온다.
DB의 눈에 네 날개가 너울거린다.
나도 모르게 내 눈에서 눈물이 흘러내린다.
나도 모르게 내 입에서 내 시들이 새어나온다.

귀가 잘린 남자들
다리를 저는 여자들

네 언어에 내 언어가 포함된다.
내 언어에 네 언어가 섞여든다.

저는 발목이 흐물흐물해졌어

무감한 것들에 기대는 생물학 실험실처럼

저는 어둠을 그리워하는 당신이 되려 한다

이룰 수 없는 꿈들

저는 중절모를 쓴 남자를 모두 죽여줘요

무너진 백화점에서 주웠던

저는 호른이 끝없이 울리는 여름밤

어린 연인은 밤새 울었고

저는 숲에서 기어나오는 귀머거리를 일으켰다

나는 비밀을 고백하기 위해

저는 당신에게 꿈을 꾸는 모든 것들과

동물도감에서 네 얼굴을 오린다

저는 이별할 수 있다고 속삭인다

암송이 끝난 뒤 우리는 서로를 바라본다. 우리는 어깨를 구부린다. 입술을 내민다. 날개를 젓듯 팔을 흔든다. 몸이 붕 떠오르는 기분이 느껴진다.

나는 너에게 손을 내민다. 너는 내 손을 잡아준다. 나는 네 영혼을 갖고 있는 DB에게 몸을 맡긴다.

나는 네 성기를 어루만진다. 음모가 듬성듬성 솟은 성기는 뽀얗고 보드랍다. 너는 내 성기를 어루만진다. 단단하게 솟아오른다. 우리는 엉겨붙는다. 우리의 생식기는 곧 촉촉하고 끈끈해진다.

나와 함께 춤을 출 수 있어?

내가 말한다. 너는 고개를 끄덕인다.

로로

로로, 네가 알고 있는 대로 나는 선천적으로 논리적인 사람이야. 그렇기 때문에 나는 논리정연하게 말하는 습관이 있어. 논리적인 사람이고 논리정연하게 말하는 습관이 있기 때문에 나는 결국 형사가 됐어.

귀여운 로로, 논리와 형사라는 직업이 무슨 상관이 있냐고 그렇게 부정적인 반응을 보인다면, 네 생각이 맞아. 사실 아무 상관 없어. 근데 예전엔 몰랐었지. 그때 나는 논리의 결론은 항상 선善이라고 생각했거든. 모든 게 결과적으로 인류 발전에 기여한다고 생각했거든. 그래, 네 말대로 나는 순진한 사람이었어. 근데 살다보니까 생각이 변하더라. 선이 항상 이긴다는 건 착각일 수도 있다는 생각이 서서히 고개를 치켜들더라. 이 세상엔 논리적이지 않은 게 너무 많아. 수많은 미제 사건들. 끔찍한 몰골로 살해당한 피해자들. 고개를 떳떳이 들고 씩 웃으며 죄를 짓는 인간들. 돈이 많아서 행복한 사람과 돈이 없어서 불행한 사람. 배가 불러도 계속 먹는 사람. 우리 눈앞에 벌어진 상황만

봐도 그렇잖아. 모르겠으면 텔레비전을 틀어봐. 아무 채널이나 돌려보더라도 그런 게 느껴질 거야.

로로. 내 사랑 로로. 내 친구 로로. 너는 갓 태어난 강아지야. 흰 털 뽀송뽀송한 강아지. 나는 마흔다섯 살이 됐지만 너는 여전히 강아지야. 나는 세 살 때 내가 외톨이라는 걸 알게 됐어. 외톨이로 평생 살게 될 운명이라는 걸 어렴풋이 깨달은 거야. 그때 너는 내 상상 속에 나타났어. 귀여운 로로. 나는 너를 안았어. 너무 따뜻했던 게 기억나. 난생처음 느껴보는 온기였어. 그때부터 너는 내 곁을 지켜줬지. 착한 로로.

그래, 여기로 와야지. 로로, 너는 나에 대해 어떻게 생각하니? 너도 나를 의지하니? 나는 겁이 날 때마다 로로 너를 찾곤 해. 지금 난 무척 겁이 나. 죽었거든. 아니 죽어가고 있거든. 서서히 죽고 있어. 상징적인 죽음이 아니야. 물리적인 죽음. 로로, 부탁이야. 내 눈앞에 나타나줘.

나는 물에 가라앉고 있어. 저수지의 악취가 몸에 배고 있어. 이 물에 몸을 담그면 죽지 않아도 썩어들어갈 게 분명해. 여기 알지? 원자력발전소 근처의 펜션. 저기 보이는 풀숲에서 변사체가 몇 번 발견된 적이 있었잖아. 증거가 충분하지 않아서 범인은 못 잡았지만. 내가 말했잖아. 이게 세계가 논리로 이뤄지지 않았다는 증거라고. 그래, 네 말이 또 맞았어. 잊는 게 편해. 긍정적이고 행복한 삶. 순응적이고 수동적인 삶.

누누이 말했지만 죽음만큼 논리적인 건 없어. 이 세상에서 유일하게 논리적인 게 있다면 그건 죽음뿐이야. 우리는 죽음을 본받아야 해. 몸에 나타나는 현상들과 죽음의 순서는 정확히 일치하지. 현재 내 상태를 진단해보면, 몸속에 흙탕물이 가득 들어와서 피와 섞이고 있어. 나는 팔 분 정도 있다가 죽을 게 확실해. 나는 죽기 전에 내가 왜 지금 이렇게 죽어가야 하는지 납득하기 위해 기억을 되새기는 중이야.

로로, 너는 내 죽음을 목격했지? 기억나지 않는다고? 거짓말하지 마, 로로. 넌 겁에 질려 회피하고 있어. 로로, 넌 내 옆에 꼭 붙어 있었잖아. 펜션 주인이 왜 나를 이 저수지에 밀어넣은 거지? 왜 나를 죽인 거지? 로로, 넌 내 죽음을 목격했으니까 내가 잘못한 게 없다는 것쯤은 알고 있잖아. 나는 범죄자를 잡기 위해 노력한 것뿐이야. 그래도 논리적인 현실을 만들어보기 위해.

너도 알지? 나는 그 햄버거가게 사장의 신고를 받고 여기 온 것뿐이야. 펜션 주인이 소녀를 감금 폭행하고 있다고. 처음에는 믿지 않았는데 하루에도 몇 번씩 전화를 하는 걸 보면 뭔가 이상한 구석이 있었거든. 펜션 주인과 햄버거가게 사장 둘 중 하나는 제정신이 아닌 게 분명해. 물론 둘 다 제정신이 아닐 확률이 더 높지. 통계적으로 말이야.

내가 죽게 된 결정적인 이유부터 말할게. 이건 또렷하게 기억이 나. 펜션 주인이 나를 단숨에 저수지로 밀어넣었어. 반항할 힘도 없었어. 그는 인간이라고는 믿을 수 없을 만큼 힘이 셌거든. 본능이라고 해야 하나? 욕망? 욕구? 이렇게 말하면 이해가 되니? 어쨌든 그에겐 동물적인 무언가가 있었어.

손가락이 움직이지 않아. 팔이 움직이지 않아. 눈이 보이지 않아. 아무 소리도 들리지 않아. 졸려. 입이 움직이지 않아. 로로, 네 이름을 부르기도 힘들어.

흔히 죽을 때가 되면 인생의 인상적인 순간들이 눈앞에 파노라마처럼 스쳐지나간다고 하잖아. 진짜 그렇네. 내 기억 대부분은 로로 너뿐이야. 기억나? 아홉 살 땐가. 감기가 심해서 학교에서 조퇴한 날. 4월. 오전 열한시. 따사로운 햇빛. 교문 앞에서 너는 나를 기다리고 있었잖아. 활짝 웃으면서 나를 향해 달려왔잖아. 집에 가는 길에 네가 말했잖아. 왠지 쓸쓸하다고.

저 펜션에 대해서는 기억나지 않냐고? 네 말을 듣고 보니 기억이 되살아나네. 맞아, 펜션이라기엔 너무 으스스했어. 그 땅에 발을 디딘 순간 동물의 내장에 들어온 것처럼 기분 나쁜 열기가 느껴졌어. 어디에선가 누린내도 나고 피비린내도 나고. 로로, 너도 그랬지? 너도 끈적끈적하다고 했잖아. 다른 사람들이 이 펜션이 께름칙하다며 피해 다니는 이유를 알 것 같았어. 나는 방문에 차례로 귀를 대고 안에 누가 있나 살피기 시작했어. 아무도 없었어. 고요했어. 고요함이 내 공포를 더 자극했지. 다행인 건 내겐 로로 네가 있다는 거였어. 나는 로로 네가 있어서 그동안 범죄자들을 체포할 수 있었지. 영민한 로로, 이번에도 너는 내가 불안해하자 앞장섰지. 나는 평소처럼 로로 너를 졸졸 따라가기만 하면 됐어.

나는 저수지 바닥에 거의 가라앉았어. 숨을 참으면 혈중 탄산가스 농도가 높아져. 그게 호흡중추를 자극하면 더이상 숨을 참지 못하지. 지금 나는 숨을 몰아쉬고 있어. 조금 있으면 경련이 일어나고 의식이 사라질 거야. 뇌는 숨쉬지 못하고 나는 곧 가사 상태에 빠질 거야. 죽음으로 건너가는 데 딱 일 분 남았어. 호흡이 멎기까지 얼마 남지 않았어.

마지막으로 기억나는 건 110호 안에서 벌어진 일이야. 갑자기 110호

앞에 로로 네가 멈춰 섰어. 로로 너는 한참 동안 코를 킁킁대다가 낑낑대기 시작했어. 110. 나는 수첩에 이렇게 적었지.

나는 죄가 없어. 죽을 이유가 없어. 문을 살짝 열고 그 광경을 봤을 뿐이지. 발가벗은 남자와 꼬마가 서로 껴안고 춤을 추는 것을. 날개를 퍼덕이며 날아오르려 하는 것을. 그 장면을 넋을 잃고 지켜봤을 뿐이지. 그럴 수밖에 없었어. 처음으로 극장에 가서 영화를 봤던 것처럼 너무나 신비로운 광경이었거든.

로로, 그때 내 뒤에 숨어 있던 네가 갑자기 무언가에 홀린 듯이 짖기 시작한 거야. 그 작자가 나를 노려본 건 그때지. 나는 그의 성기가 발기 상태인 것을 봤어. 수많은 성기를 봤지만 그렇게 거대한 성기를 마주한 건 처음이었지. 동물처럼 거대했다고.

그뒤 나는 총을 꺼낼 틈도 없이 정신을 잃었어. 시간이 흘러 눈을 떴을 때 포박된 채 보트 위에 누워 있었지. 보트는 저수지 한가운데 떠 있고, 그 작자가 내 앞에 서 있지. 그는 사람처럼 보이지만 사람이 아니었어. 새 같았지. 날개가 돋아 있었고, 부리가 나 있었어. 온몸이 붉었어.

아무리 되새겨봐도 난 이 죽음을 둘러싼 이 상황을 도무지 이해할 수 없어. 난 타고나길 논리정연한 사람이야. 이 세상이 아무리 비논리적이라고 해도 내 천성까지 바꿀 수는 없어. 범죄자들이 범죄를 저지를 데는 알고 보면 모두 다 원인이 있고 이유가 있었지. 마약중독자들이 경험하는 환각도 다 마약이라는 이유가 있다고. 근데 펜션 주인과 꼬마의 행동을 나는 전혀 이해할 수 없었어. 왜 둘이 이상한 춤을 추고 있었을까? 왜 둘이 새처럼 날갯짓을 하고 있었을까? 온몸이 붉어진 채 괴상망측한 소리를 내며 대체 무엇을 하고 있었던 거지? 내가 본 붉은 새는 무엇이었을까? 도대체 그들은 사람인가 동물인가. 그 작자는 왜 날 민 거지? 이건 초현실인가. 환상인가.

로로, 내가 죽은 건 네가 짖은 탓이 아니야. 내가 여기 오지 않았으면 너도 여기 있지 않을 테니까 내 탓이지. 너무 죄책감 느끼지 마. 나는 타고나기를 논리적인 사람이고 논리정연하게 말하는 습관이 있기 때문에 죽음 앞에서도 논리적이지.

안녕. 로로. 그동안 고마웠어.

DB 햄버거

둥근 빵, 둥근 빵, 둥근 빵, 둥근 빵, 둥근 빵, 둥근 빵
고기 패티, 쾌감, 하루, 시간, 치즈, DB, 분투와 피로
DB, DB, DB, DB, DB, DB, DB, DB, DB, DB, DB, DB, DB, DB
DB, DB, DB, DB, DB, DB, DB, DB, DB, DB, DB, DB, DB, DB, DB, DB
햄버거, 악몽, 원자력발전소, 시위, 조카, 집오리

DB, DB, DB, DB, DB, DB, DB, DB, DB, DB, DB, DB, DB, DB, DB, DB, DB, DB
DB, DB, DB, DB, DB, DB, DB, DB, DB, DB, DB, DB, DB, DB, DB, DB, DB, DB, DB
DB, DB, DB, DB, DB, DB, DB, 제이니, 제이니, 제이니, 제이니

DB, DB, DB, DB, DB, DB, DB, DB, DB, DB, DB, DB, DB, DB, DB, DB, DB, DB
DB, DB, DB, DB, DB, DB, DB, DB, DB, DB, DB, DB, DB, DB, DB, DB, DB, DB
제이니, 제이니, 제이니, 제이니, 제이니, 제이니, 제이니, 제이니, 제이니, 제이니, 제이니
제이니, 제이니, 제이니, 제이니, 제이니, 제이니, 제이니, 제이니, 제이니, 제이니, 제이니
제이니, 제이니, 제이니, 제이니, 제이니, 제이니, 제이니, 제이니, 제이니, 제이니, 제이니
제이니, 제이니, 제이니, 제이니, 제이니, 제이니, 제이니, 제이니, 제이니, 제이니, 제이니

DB, DB, DB, DB, DB, DB, DB, DB, DB, DB, DB, DB, DB, DB
DB, DB, DB, DB, DB, DB, DB, DB, DB, DB, DB, DB, DB, DB, DB
사냥, 총, 밧줄, 길고 좁은 얼굴, 흰 셔츠, 아빠

DB, DB, DB, DB, DB, DB, DB, 의미, 무의미
DB, DB, DB, DB, DB, DB, DB, DB, DB, DB, DB, DB, DB, DB
DB, DB, DB, DB, DB, DB, DB, DB, DB, DB, DB, DB, DB, DB

스톡홀름, 햇살, 사랑, DB, DB, DB, 양상추, 피의 냄새, 축배, 척추뼈
펜션, 망상, 경찰, 감금, 불면증, 우울증, DB, 내 딸 제이니, 화재, 저주, 소스
둥근 빵, 둥근 빵, 둥근 빵, 둥근 빵, 둥근 빵, 둥근 빵

홍학이 된 사나이

석양이 홍학의 뇌로 스며든다. 우리는 붉음 속에 갇히고 만다. DB는 붉음 속에 속절없이 잠들어 있다. DB의 얼굴에 붉음이 드리워진다. 너를 불러내고 난 뒤 DB는 쉽게 지치고 지나치게 많이 잔다.

나는 창가에 걸터앉아 붉음을 만끽한다. 붉음을 붉음이 아니면 무엇이라고 해야 하는가. 적색. 홍색. 단색. 빨강. 귀담아듣지 않은 소문.

창밖에서 음산한 울음소리가 들린다. 쾌락에 젖은 환호 같기도 하고 낙담에 빠진 신음 같기도 하다.

나는 창밖을 내다본다. 수많은 홍학이 펜션 주위를 날아다니며 괴성을 지른다. 홍학들은 곡예를 부린다. 너도 홍학 무리 속에 있다. 나는 너를 향해 손을 흔든다. 너는 고개를 가볍게 끄덕인다. 나는 네 모습을 넋을 잃고 바라본다.

그때 누군가 벨을 누른다. 홍학들이 순식간에 사라진다. 나도 숨을 죽인다. 누군가 문을 두드린다. 나는 DB 옆에 누워 죽은 척을 한다.

검사님, 나의 슬픔을 영원히 감당할 수 있겠습니까.

괴수 아키코, 안부를 묻지 마.

귀리는 운다. 귈귈귈퀄큘.

DB는 문을 두드리는 소리에 잠에서 깨어나 칭얼거린다. 겁에 질린 채 암소들을 마구 꺼낸다. 계속 문을 두드리는 소리가 들린다.

누구십니까.

결국 내가 대답한다. 문을 두드리는 소리가 멈춘다. 나도 다시 숨죽인다. 다시 문을 두드리는 소리가 들린다.

누구십니까.

내가 다시 묻는다. 기척이 느껴지지 않는다. 아무런 냄새도 나지 않는다. 나는 DB를 이불 속에 숨긴 뒤 문을 연다. 아무도 없다. 나는 밖으로 나간다. 여기도 아무도 없다. 저수지에도, 그 너머 풀숲에도 아무도 보이지 않는다. 숨을 크게 들이마신다. 수많은 냄새 속에 옅은 물수리의 체취가 느껴진다. 나는 서둘러 DB에게 돌아간다.

둥근 빵 치즈 고기 패티 양상추 소스 둥근 빵

문 앞에 떨어져 흩어진 햄버거를 발견한다. DB가 좋아하는 햄버거. 물수리의 햄버거다.

110은 고요하다. DB가 보이지 않는다. 보이지 않게 숨어 있으라고 했는데 내 눈에도 보이지 않는다.

홍학의 뇌는 아무 일도 없는 것처럼 온순하다. DB를 부르며 이불을 들춘다. DB가 없다. DB를 찾으며 창밖을 내다본다. 혼탁한 둥지만 보인다. 거울 속을 들여다본다. 홍학과 인간의 경계에서 버둥거리는 남자가 보인다.

고요하다. 너무 고요해서, 그 고요가 금세 익숙해져서 DB가 원래 내 곁에 없던 사람처럼 느껴진다. DB는 누구인가. 대체 누구란 말인가. 겁이 많아서 내가 없으면 아무데도 가지 않는 DB. 햄버거를 좋아하는 DB. 비밀이 많은 DB. 암소의 친구 DB. 아빠의 말을 듣고 싶은 DB. 글쓰는 걸 좋아하는 DB. 나는 DB를 기억해내기 위해 애쓴다.

DB!

나는 이렇게 외치며 홍학의 뇌를 맴돈다.

DB!

DB를 부르며 홍학의 뇌를 두드린다.

DB!

DB를 부르짖으며 홍학을 해부한다.

다른 독채에도 DB는 없다. 나약한 DB도 없고, 울보 DB도 없고, 상냥한 DB도 없다. 수다쟁이 암소도 없다. 나는 터덜터덜 110으로 돌아온다. 문을 열자 창가에 네가 서 있다.

DB가 사라졌어.

내가 말한다. 너는 창밖을 가리킨다. 풀숲에 물수리가 DB를 안고 달려가는 게 보인다. 진흙에 몸을 뒹굴어 체취를 없애는 물수리. 내가 자리를 비운 사이 햄버거로 DB를 유혹하는 물수리. 저항하지만 죽음을 예감하곤 곧 체념하는 DB. 축 늘어진 DB를 낚아채는 물수리. 나는 이런 장면들을 상상한다. 현실보다 현실에 가까운 게 상상이다.

내가 어떻게 할지 몰라 주저하는 사이 너는 창밖으로 날아오른다. 어디선가 나타난 열댓 마리의 홍학들이 너를 따른다. 너희들은 빠른 속도로 물수리를 뒤쫓는다. 물수리는 발톱을 드러내고 휘두른다. 너희들은 번갈아가며 물수리를 쪼고 할퀸다. 너희들은 다른 길은 차단해버리고 히스테리를 부리는 둥지로 물수리를 몰아간다. 토막잠을 자는 둥지 부근 하늘은 홍학으로 뒤덮여 있다. 노을이 진 하늘과 홍학들이 섞여 처연한 붉은빛을 뿜어낸다. 물수리는 붉은 죽음을 향해 달려간다.

나는 옷장에서 서둘러 사냥개를 꺼낸다.

죽음의 향기를 맡아.

사냥개가 신이 나서 중얼거린다. 나는 창을 향해 달려간다.

눈을 가늠자에 대고 조준.

사냥개가 말한다. 나는 물수리를 겨눈다.

장전!

사냥개가 말한다. DB는 물수리 품에 안겨 죽은 듯이 늘어져 있다.

손가락을 방아쇠에 올리고.

사냥개가 말한다. 물수리가 너희들과 뒤엉켜 정확히 표적을 맞힐 자신이 없다.

죽음만을 생각해.

사냥개가 말한다. 나는 사냥개를 거두고 밖으로 뛰어나간다.

레몽 크노 『지하철 소녀 쟈지』

차가운 물과 비버

저수지를 지나 풀숲으로 달린다. 물수리와 DB는 이미 선부르게 판단하곤 하는 둥지 근처에 가 있다.

석양은 곧 어둠으로 뒤바뀐다. 어둠이 빠르게 내려앉는다. 물수리와 DB는 곧 내 시야에서 사라진다. 너희들도 보이지 않는다.

좆같다. 여행은 항상 좆같다. 내가 만들어낸 사기극.
나는 왼손잡이가 아니다. 겁쟁이가 아니다. 맨드라미다.

그때 어디선가 암소가 중얼거린다. 나는 사냥개 주둥이로 기다란 풀숲을 헤치며 암소의 흔적을 쫓는다.

이 세상에서 사라져야지. 나와 너, 너희들 모두.
그는 온몸으로 피의 시를 쓰고 있었다.
일하지 않고 사는 법에 대해 이야기했다.
햇빛이 닿으면 따뜻하고 그늘지면 춥고 당연한 건가.

나는 암소를 따라 분홍색 벽지를 바른 둥지에 다다른다. 애연가 둥지 근처에 가자 이어지던 DB의 이야기가 뚝 끊긴다. 나는 숨을 죽이고 앞으로 나아간다. 다른 남자를 나 몰래 사랑하는 둥지 담장 가까이 다가간다.

천장이 무너지면 빛이 사라진다.
앞으로, 뒤로. 끝까지 죽어버리자.

암소가 다시 떠들기 시작한다. 나는 암소를 추적한다. 발걸음을 조금 더 옮기자 눈앞에 희미한 사람의 형태가 보인다. 고통에 찬 신음소리가 들린다. 나는 그쪽으로 조심스럽게 다가간다. DB다. DB가 쓰러져 있다. 무정자증. 히틀러. 추억이 쌓인 나비.

나는 DB를 향해 걷는다. 누군가 내 머리를 때려도 DB를 향해 걷는다. 머리에서 피가 흘러도 DB를 향해 걷는다. 바닥에 널브러져도 DB를 향해 걷는다. 사냥개를 놓쳐도 DB를 향해 걷는다. 물수리의 얼굴이 눈앞에 드밀어져도 DB를 향해 걷는다. 물수리가 사냥개를 내 손이 닿지 않는 곳으로 걷어차도 DB를 향해 걷는다. 물수리가 발로 내 머리를 짓밟아도 DB를 향해 걷는다. 물수리의 발톱이 목을 향해 다가올 때야 나는 비로소 걸음을 멈춘다.

오늘은 아무도 내 이름을 부르지 않았으면 좋겠다.

나는 사냥당한다. 나는 하늘과 맞닿아 있는 둥지를 올려다보며 삶을 체념한다. 물수리가 내게 다가오는 게 보인다. 그리고 물수리 뒤편에 네가 모습을 드러낸 게 보인다. 너는 걱정스러운 표정으로 나를 보다가 물수리를 향해 살기를 내뿜으며 울부짖는다. 네가 날개를 펼치자 하늘이 가려지고 물수리에게 그림자가 드리워진다. 물수리가 눈을 번뜩이며 뒤돌아본다. 네 날갯짓이 거세진다. 물수리가 바람결에 휘청거린다. 홍학들이 네 뒤에 선다. 너는 홍학들과 뒤섞인다. 너희들이 하늘을 선회한다. 공중이 낮처럼 밝아진다. 시야가 붉음으로 뒤덮인다. 눈이 따가워서 눈물이 흘러내린다. 물수리가 눈을 가린다. 붉은 물결이 물수리를 뒤덮는다. 물수리가 비명을 지르며 피를 토한다. 물수리는 허겁지겁 달아난다.

어렵진 않은데 쉽지도 않아. 인생이 아니라 지옥.

물수리가 피투성이가 된 채 DB에게 달려가는 게 보인다. 너희들이 뒤를 쫓는다. 물수리는 가까스로 너희들에 앞서 DB를 안아 들고 사사로운 둥지를 향해 달린다. 나는 비틀대며 일어선다. 사냥개를 주워 물수리를 쫓는다.

물수리는 날개가 달린 것처럼 담장을 훌쩍 뛰어넘어 너무 환해서 뼈대가 보이는 둥지 안으로 들어간다. 경보음이 들린다. 몽타주를 신중하게 그리고 있는 둥지에 불이 환하게 켜진다. 나도 그들을 쫓아간다.

속이 또 안 좋다. 왜 이러지.
나는 친친나트의 친구야.

눈
초여름
너와 나
물개처럼 파란 바다

돌고래를 보았니?

마지막 8일

자맥질을 하는 엄마

왜 나는 담장 위에 서 있는가. 뛰어올랐을 뿐인데 높은 담장 위에 서 있다. 날개가 돋고 있다. 동굴이다!

물수리는 도망갈 곳이 없다. 홍학들이 물수리를 감싸고 있다. 물수리는 이리저리 몸을 피하며 달아날 틈을 노린다. 그러나 너희들은 완강한 벽이다. 복면을 쓴 둥지로 몰릴 때부터 예정된 결말이다.

결국 물수리는 DB를 안고 메모하는 습관이 있는 둥지의 지붕과 연결된 사다리를 오르기 시작한다. 너희들도 물수리를 따라 날아오른다. 비 오기 직전의 둥지에서 안전모를 쓰고 방호복을 입은 경비원들이 나온다. 그들은 물수리를 잡기 위해 사다리로 손을 뻗어보지만 간발의 차이로 놓친다.

나는 담장에서 뛰어내려 반전주의자이지만 인간을 혐오하는 둥지를 가로지른다. 사다리에 손을 대자 경비원들은 나를 저지한다. 나는 그들을 뿌리친다.

나는 홍학이다.

내가 말한다. 그들은 나를 막아선다.

나는 홍학이다.

내가 외친다. 그들이 나를 둘러싼다. 나는 날갯짓을 한다. 붉은 근육. 핏줄과 가면. 나는 옷을 벗는다. 온몸을 긁는다. 사람들이 나를 옥죄며 다가온다. 나는 그들에게 사냥개를 겨눈다. 그들이 비명을 지르며 물러선다. 첫 문장을 쓰면 다음 문장이 시작된다. 다음 문장부터는 무의식이다.

DB가 소리를 지르고 있다. 저 위에서, 소리없이 웃는 둥지 위에서 겁에 질려 비명을 지른다. 너희들이 달려든다.

죽음을 예감한 맹수는 맹수 이상의 힘을 발휘한다. 물수리의 몸집은 평소보다 두 배는 커 보인다. 물수리는 발톱을 휘젓는다. 너희들이 하나둘 땅으로 추락한다. 살아남은 홍학들은 뒤로 물러나 숨을 고른다.

나는 뒤로 물러나 날갯짓을 한다. 허공을 딛고 천천히 올라선다. 몸에서 붉은 기운이 새어나온다. 나는 팔을 흔든다. 순식간에 물수리와 DB가 있는 곳까지 떠오른다. 나는 물수리에게 사냥개를 겨눈다. 그러자 물수리는 DB를 방패 삼는다. DB가 나를 보더니 서럽게 울기 시작한다. 내가 주저하는 사이 물수리의 발톱이 내게 다가온다. 고통을 느낄 사이도 없이 사냥개를 든 손이 잘려나간다. 나는 내 몸에서 나온 피를 목격한다. 나는 죽음을 목격한다. 눈을 감고서 내가 목격한 죽음이 사실이 되길 기다린다.

아무도 이 일기를 읽지 않아도 좋아.
네게 하는 말이 아니라 내게 하는 말이니까.

죽음이 다가오기를 기다리고 있는 사이 어디선가 네가 나타난다. 너는 물수리에게 덤빈다. 물수리는 발톱을 치켜들어 손쉽게 너를 저지한다. 너는 온몸에 상처를 입고 뒤로 물러난다. 상처에서 피가 흘러나와 붉은 몸을 뒤덮는다. 나는 너를 꼭 안는다. 네가 나를 꼭 안는다. 붉음이 우리 몸을 뒤덮는다. DB가 몸을 부르르 떨며 소리를 꽥 지른다.

나는 외로움을 느끼지만 그 외로움을 즐기기도 해.
저는 이곳에서 죽어가고 있습니다.
모닥불이, 모닥불이, 모닥불이 존재합니다.
외롭지만 외롭지 않아.
집배원, 오늘은 이 단어가 마음에 들어.

암소가 쏟아져나온다.

저는 이곳에서 죽어가고 있습니다.
모닥불이, 모닥불이, 모닥불이 존재합니다.
다섯 가지 고통, 세 가지 기쁨.
바퀴와 바퀴로 태어나고 싶다.
유모차 바퀴.
영원히 타오른다.

암소 사이로 거대한 소리도 들린다. 모두가 그 자리에 얼어붙을 만큼 큰 소리다. DB도 숨을 멈춘다. DB의 아빠 목소리다. 정확한 발음으로 또렷이 들린다. 바로 옆에 있는 것처럼 아주 생생하게 들린다. 쩌렁쩌렁 울려서 겁이 없는 둥지가 흔들릴 정도다. 홍학들은 혼비백

산하며 하늘 높이 달아난다.

저는 이곳에서 죽어가고 있습니다.
모닥불이, 모닥불이, 모닥불이 존재합니다.
다섯 가지 고통, 세 가지 기쁨.
바퀴와 바퀴로 태어나고 싶다.
유모차 바퀴.
영원히 타오른다.

DB의 아빠가 다시 한번 외친다. 땅과 하늘이 흔들린다. 붉음들이 휘둘린다. 휘파람을 불지 못하는 둥지가 들썩거린다.

너는 거센 폭풍을 견디며 나를 부축하고 있다. 너는 곧 쓰러질 듯이 숨을 헐떡이고 있다. 지상에 있는 사람들은 비명을 지르며 여기저기 흩어진다. 물수리도 겁에 질린 채 DB를 들여다보고 있다. DB는 눈물을 흘리다 지쳐 숨을 헐떡이고 있다. 눈에는 흰자만 보이고 입가에는 토사물이 그득하다.

아빠!
아빠!
아빠!

DB가 아빠를 부른다.

아빠! 아빠!
아빠! 아빠!
아빠! 아빠!
아빠! 아빠!
아빠! 아빠!

자세히 들어보니 DB의 입에선 다른 여자아이의 목소리도 들린다. 물수리의 표정이 일순간 아득해진다.

아빠!
아빠!
아빠!

제이니.
물수리가 중얼거린다.
제이니!
물수리가 외친다.
제이니!
물수리가 오열한다.
그 순간 네 몸에서 힘이 빠진다. 네 숨결이 옅어진다. 너와 나는 추락한다. 나는 땅에 닿는다. 너는 옆에서 신음을 내뱉고 있다. 나는 사냥개를 향해 기어간다.

아빠!

DB가 아닌 소녀의 목소리가 허공에서 들려온다.

제이니!

물수리가 DB를 밀치고 사다리를 오르기 시작한다. DB가 아주 천천히 추락한다. 털이 빠진 늙은 암캐. 썩은 이. 녹슨 스프링.

너는 DB가 떨어지는 방향으로 몸을 옮긴다. 나는 눈을 감는다. 잠시 뒤 눈을 떴을 때 DB는 네 품에 안겨 있다. 너는 DB를 자신의 몸속에 묻어버리듯 꼭 안고 있다.

아빠!

그사이 물수리는 살라미나의 둥지 꼭대기에 거의 다다른다. 나는 사냥개를 들어 물수리를 겨눈다.

죽음의 향기를 맡아.

눈을 가늠자에 대고 조준.

장전!

손가락을 방아쇠에 올리고.

죽음만을 생각해.

사냥개가 흥분을 감추지 못하고 떨리는 목소리로 부르짖는다. 나는 방아쇠를 당긴다. 사냥개는 환희에 찬 비명을 지른다. 탄환이 물수리를 향해 날아간다.

아빠!

허공 어딘가에서 제이니가 물수리를 간절하게 부른다. 물수리는 탄환을 몸에 넣고도 제이니를 향해 움직인다. 피범벅이 될 때까지, 목숨이 끊어질 때까지, 목숨이 끊어져 땅으로 추락할 때까지 제이니를 향해 죽어가는 몸을 움직인다. 죽음은 생명이다.

홍학들이 몰려오는 게 보인다. 저 멀리서 붉음이 물수리의 죽음에게 다가온다. 붉음이 물수리를 둘러싼다. 물수리는 붉음 속에서 붉음이 된다. 물수리는 붉음 속에 산산조각이 나서 사라진다. 사도세자. 고장난 전등.

눈을 감았다 뜨자 DB가 보인다. 나는 DB와 꼭 닮은 남자가 DB와 나란히 서 있는 장면을 본다. 그들은 꼭 껴안는다. 그들이 서서히 붉은색으로 변하기 시작한다. 날개가 돋고 부리가 솟는다. 그들은 날갯짓을 하고 하늘로 날아오른다. 죽음을 두려워하지 않는 둥지 위에 올라가 부리를 맞대고 서로의 털을 골라준다. 나는 다시 눈을 감는다.

소란스러워서 눈을 뜬다. 사람들이 내 주위에 몰려와 있다. 나를 손가락질하며 떠든다. 내 몸을 더듬어본다. 인간의 나체다. 잘려나갔던 팔이 몸에 달려 있다. 주위를 둘러본다. 사냥개는 사라지고 없다. 신체가 훼손된 둥지를 올려다본다. DB와 DB의 아빠가 없다. 주변을 살핀다. 너도 없다. 나는 여전히 나다. 인간의 육체를 갖고 있다. 살모사. 교수형. 식초.

어디에 있지?

나는 너를 부른다. 사람들은 침묵한다.

나는 홍학이다.

내가 외친다. 사람들이 웅성거린다.

나는 사람이지만 사람이 아니다. 나는 홍학이면서 홍학이 아니다. 내 몸은 때론 붉어지지만 한순간이다. 나는 아무것도 아니다.

나는 몸을 일으킨다. 나는 다시 쓰러진다. 사람들이 고개를 갸웃거린다.

나는 홍학이다.

몸을 다시 일으키며 외친다. 나는 다시 쓰러진다. 사람들이 웅성거린다.

나는 홍학이다.

내가 더 크게 외친다. 사람들이 뒤로 물러선다. 몸을 일으켜야겠다고 생각했지만 몸을 일으키지 못한다. 사람들 틈에서 네가 걸어나오는 게 보인다. 네 몸 여기저기에서 피가 흘러나온다. 너는 다리를 절뚝이며 내게 다가온다. 핏빛으로 물든 너는 여전히 핏빛이다. 너는 내 곁에 무릎을 꿇는다. 너는 내 귓가에 아주 긴 시간 동안 속삭인다. 기억해야 한다고 생각하지만 무슨 말인지 잘 들리지 않는다. 온몸이 나른하고 정신이 아득하다. 눈이 저절로 감긴다. 정신을 잃기 전에 너의 말을 꼭 기억해서 기록해둬야겠다고 생각한다.

그날 나는 밤새 책상 앞에 앉아 있었다. 너의 말을 옮겨적기 위해. 귓가에 맴도는 네 목소리를 기억하기 위해. 그러나 도무지 네가 무엇을 말했는지 짐작할 수 없었다. 알아들을 수 없을 만큼 희미한 네 음성만 귓가에 맴돌 뿐이었다. 동이 터올 때까지 내 머릿속엔 아무것도 떠오르지 않았다. 나는 아무것도 쓰지 못했다.

제이니

아빠!

병든 암소

홍학아, 홍학아, 무슨 소리가 들리니?

암소의 눈물이 들려요.

| 리뷰 |

문학이 된 사나이

—문학이 세계를 구원할 수 있다고 믿나요?[1)]

방영은(독자)

당신은 인간도 아니고 암소도 아니야. 그치?

DB가 묻는다.

당신의 말은 암소의 말처럼 나를 혼란스럽게 하지 않아.

DB가 속삭인다.

당신의 목소리는 정확하고 흔들림 없이 또렷하게 들려.

DB의 목소리가 커진다.

그리고 인간의 말처럼 내게 상처를 주지도 않아.

DB가 덧붙인다.

그래서 당신이 좋아.(62쪽, '일기' 중)

나는 이 소설의 리뷰를 쓰지 않고 아껴두려 했다. 몇 번 더 읽은 뒤 쓰려 했다. 하지만 이 소설을 두번째로 읽고는 곧 매혹이 된 까닭에

1) 정지돈, 「눈먼 부엉이」, 『내가 싸우듯이』, 문학과지성사, 2016, 31쪽.

부득이 리뷰를 쓴다. 써야지만 떨쳐질 것 같고 조금은 떨쳐내야 다른 소설을 읽을 수 있을 것 같기 때문이다. 누군가의 눈에는 내가 하는 말들이 상당한 과장으로 보일지 모르겠다. 그러나 실제로 다른 소설을 읽으려 집어들 때마다 이상하게도 흥미가 생기지 않았다. 내려놓고 또 내려놓길 반복하다 결국 리뷰를 써야겠다 생각했다. 오한기 후유증이다. 나도 홍학이 되어버렸나. 이 소설이 아무리 좋아도 매일 이 소설만 읽을 순 없지 않은가. 나는 이 소설을 매일 읽게 될까봐, 그래서 지독하게 사랑하게 될까봐 이 글을 쓴다. 이 글은 사실 리뷰가 아닌 조용한 열광임을 미리 밝혀둔다. 쉬이 잠들지 않는 열광을 잠재우기 위한 글이다. 그러니 열광을 원치 않는다면 읽지 마시길.

오한기 첫 소설집 『의인법』을 읽기 전, 문예지 『analrealism vol.1』에서 이 소설을 먼저 읽었다. 그의 소설 중 세번째로 접한 소설이었다. 처음 읽었을 땐 조금 낯설고 난해하다 여기면서도 막연히 시적詩的이라고 느꼈던 기억이 난다. 이후 「파라솔이 접힌 오후」부터 최근 발표한 「사랑」까지 모두 읽은 뒤 다시 이 소설을 읽었다. 정말 신기하게도 전혀 난해하지 않고 너무나 잘 이해될 뿐만 아니라 매혹되었다. 혹 매혹을 넘어 각인이 아닌가 싶을 정도로 떨쳐지지 않았다.

읽는 동안 구슬이 꿰어지는 듯한 기분이 들었는데, 서평가 금정연의 표현대로 '오한기 월드'의 season1이 『의인법』이고 「사랑」이 일종의 스핀 오프(spin-off)라면 『홍학이 된 사나이』는 이 개별의 것들에 대한 통섭 혹은 완성이 아닐까. 정확한 표현을 찾지 못하겠지만 내겐 그렇게 느껴졌다. 지금껏 읽은 그의 소설 중 『홍학이 된 사나이』를 가장 사랑하게 될 것 같다. 이 소설로 오한기가 상을 받게 될지도 모른다는 생각마저 들었다(상을 받고 안 받고는 이미 이 소설을 읽는 순간 무의미해지지만, 어쨌든 그랬다).

『홍학이 된 사나이』의 주제를 하나로 말할 순 없지만 내게 가장 와 닿은 정서는 '사랑'이었다. 여기엔 사랑에 대한 고뇌와 처절한 몸부림이 담겨 있다. 작가가 사랑했거나 사랑하는 것들이 집대성되어 있다. 뭘 잘 모르면서 이 소설이 시적이라고 느꼈던 까닭은 소설에서 구사된 언어 때문만은 아니었다. 무언가를 열렬히 사랑하는 사람은 부득이 시로써 현현되기 마련이다. 문득 「새해」의 한 부분이 생각난다.

> 내가 납치범이 된다면 돈을 벌기 위해 직업적 납치를 하는 것보다, 보다 순수하게 사랑하거나 증오해서 아무 조건 없이 납치하는 쪽일 거라는 생각도 들었다.(『의인법』, 284쪽)

이 소설은 '순수하게 사랑하거나 증오해서 아무 조건 없이 납치'한 것들에 대한 결과물인지도 모른다. 문득 아래 글도 생각났다.

> 내가 생각하는 젊은 소설가는 사랑에 빠진 사람이다. 그는 스물네 시간 백치에 가까울 정도로 한 가지 생각만 할 것이다. 문장들, 더 많은 문장들을. 자신의 것인지, 읽은 책의 것인지, 아니면 이 세상 어디에서도 오지 않은, 전혀 새로운 것인지 구분이 모호한 문장들만을.(김연수, 『소설가의 일』, 30쪽)

소설가의 비참은 사랑에서 기인한다. 『홍학이 된 사나이』를 다시 보면서 그간 오한기의 소설 속 한상경이 느끼는 소설가로서의 비참을 비로소 이해하게 되었다. 이 소설 속 화자의 홍학에 대한 사랑은, 소설가들이 자신이 사랑하는 거장들에 대해 갖는 사랑과 흡사했다. 너무나 아름답고 훌륭한 걸작 앞에서 가장 처음 느끼는 감정은 ‘비참’인 것이다. 재미난 사실은 오한기의 『홍학이 된 사나이』를 보면서 나 또한 비참한 기분이 들었다는 점이다.

『금각사』나 『설국』, 그 외에도 많은 아름다운 문학작품을 만날 때마다 나는 불가피하게 새로운 자기 인식을 하게 되었다. 이는 흡사 라디오헤드의 〈creep〉과 비슷한 인식이다.

When you were here before couldn’t look you in the eye
You’re just like an angel
Your skin makes me cry
You float like a feather in a beautiful world
I wish I was special
You’re so fucking special
But I’m a creep I’m a weirdo
What the hell am I doing here?
I don’t belong here

그러나 이러한 비참은 결국 사랑을 향해 나아가게 하는 동력이 된다. 소설가는 거장에 대한 사랑으로 인해 글을 쓰기 시작한 사람인지도 모른다. 『홍학이 된 사나이』의 화자가 홍학에 대한 사랑으로 홍학이 되어버린 것처럼 말이다. 실제로 화자는 '이 글에서 내가 언급하는 작가들은 대부분 홍학'이며 '그들과 교감을 나눈다'(110쪽)고도 말한다(이 대목에서 갑자기 '홍학'의 자리에 '문학'을 넣고 싶어진다. 이런! 그렇다면 아래 한번 넣어서 읽어볼까).

이 소설의 도입부는 이렇다.

나

홍학. 그 붉은 동물이 되기 시작한 이후 인간의 언어를 점점 잊어가고 있다. 이게 인간의 언어로 쓰는 마지막 글이 될지도 모른다. 다행히도 생각을 기록하는 데는 아직까지 별문제가 없다.

그동안 나는 내 정체에 대해 아무에게도 말하지 않았다. 성가시기 때문이다. 홍학을 좋아한다고만 해도 이상한 눈으로 바라보거나 질문이 이어지기 마련이다. 더군다나 나는 홍학을 좋아하지 않는다. 홍학에게 아무런 감정이 없다. 홍학일 뿐이다.

한때 좋아했던 여자에게 이 사실을 고백한 적이 있었다. 그녀는 처음에는 믿지 않다가 나중에는 내가 무섭다며 눈물을 쏟았다. 얼마 지나지 않아 그녀는 모든 게 내가 소설을 쓰기 때문이라며 소설과 자신 중 하나를 선택하라고 했다. 고백하건대 나는 그 무렵 그녀와 섹스를 할 때마다 암컷 홍학과 교미하는 상상을 했다. 붉은 교성이란!

경험에 의하면 여러모로 나를 숨기는 게 편하다. 오해하지 말길 바란다. 나는 동물에게 성욕을 느끼는 성도착증 환자도 마약에 중독된 예술가도 광기에 휩싸인 살인마도 아니다. 홍학일 뿐이다.

내 삶의 목적은 생존이다. 그렇게 믿고 싶지는 않다.

나는 생각하지 않는다. 홍학의 말을 받아적는다.

이 글의 주제는 나다. 나와 외로움이다.

본격적으로 이 글을 쓰기 시작하기에 앞서 머릿속에 문득 스쳐지나간 생각을 몇 가지 적어둔다. 이 글을 이해하는 데 도움이 될지는 모르겠지만.

(……)

내 이야기는 여기까지다. 이제부터는 한 마리 홍학에 대한 이야기다.(9~11쪽)

홍학을 홍학으로 읽든 문학으로 읽든 그 자리는 마땅히 우리가 사랑하는 대상이 차지하게 될 것이다. 한 인간이 홍학이라는 사랑할 수 없는 대상을 사랑했고 그 사랑이 DB라는 아버지를 잃은 소녀를 통해 실현되는 과정을 지켜보는 게 굉장히 아름다웠고 감동적이었다. 물론 물수리라는, 사랑의 대상을 상실하여 광적으로 변모한 비극적인 인물로 인해 야기되는 '사랑의 종말' 또한 안타깝고 처절한 동시에 아름다웠다. 굉장히 좋아하는 부분 몇 군데를 발췌해본다.

5월 22일

사랑을 하고 있죠?

DB가 묻는다.
사랑이 무엇인가?
내가 되묻는다.
코끼리가 달력을 보는 것.
DB가 말한다.
시력검사를 하는 할머니.
또 DB가 말한다.
상대는 인간이 아니죠?
DB가 묻는다.(69쪽, '일기' 중)

걸작을 쓰는 법은 간단해. 상상해보게. 나는 쇠붙이다. 나는 쇠붙이다. 진짜 쇠붙이가 되면 누구나 천재 시인이 될 수 있다네. 봐. 나도 시 쓰는 흉내는 낼 수 있다네. 내가 쓴 시를 들어보겠나?

나는 해질녘이 싫어
내가 보이지 않거든
울푸레 불푸레
나뭇가지 방앗개비(73쪽, 윈체스터를 의인화한 '윈체스터' 중)

홍학의 뇌수 속에 DB가 잠영한다. 호흡에 따라 둥둥 뜨고 다시 가라앉는다. 알루미늄. 집배원.

(……)

갑자기 온몸이 가려워진다. 거울 앞에 선다. 온몸을 긁는다. 날갯짓을 한다. 거울 속에서 누군가 붉어진 채 날갯짓을 하고 있다.

당신은 대체 누구인가?

내가 묻는다. 나에게. 혹은 누군가에게.

당신은 대체 누구인가?

내가 묻는다. 너에게. 혹은 누군가에게.

당신은 대체 누구입니까?

누군가가 묻는다. 나에게. 혹은 누군가에게.

당신은 대체 누구예요?

DB가 묻는다. 나는 깜짝 놀라 날갯짓을 멈추고 뒤를 돌아본다. DB가 침대에 앉아 나를 보고 있다.(86~87쪽, '산책' 부분은 실은 모두 발췌하고 싶었다.)

DB의 입에서 네 시가 흘러나온다.

DB의 눈에 네 날개가 너울거린다.

나도 모르게 내 눈에서 눈물이 흘러내린다.

나도 모르게 내 입에서 내 시들이 새어나온다.

귀가 잘린 남자들

다리를 저는 여자들

네 언어에 내 언어가 포함된다.

내 언어에 네 언어가 섞여든다.

저는 발목이 흐물흐물해졌어

무감한 것들에 기대하는 생물학 실험실처럼

저는 어둠을 그리워하는 당신이 되려 한다

이룰 수 없는 꿈들

저는 중절모를 쓴 남자를 모두 죽여줘요

무너진 백화점에서 주었던

저는 호른이 끝없이 울리는 여름밤

어린 연인은 밤새 울었고

저는 숲에서 기어나오는 귀머거리를 일으켰다

나는 비밀을 고백하기 위해

저는 당신에게 꿈을 꾸는 모든 것들과

동물도감에서 네 얼굴을 오린다

저는 이별할 수 있다고 속삭인다

(139~140쪽, '토끼 머리' 전체도 아름답다. 특히 홍학의 어투를 생생하게 살려냈다. 연이어지는 '로로'에서 죽어가는 경찰관의 목소리로 톤이 바뀌는데 이 또한 생생하다.)

위의 발췌한 내용만으로는 이 소설을 온전히 보여줄 수 없다. 원자력발전소 주변에서 펜션을 운영하며 글을 쓰는 화자(홍학이 된 사나이)와 원자력발전소 경비원인 아버지를 의문의 사고로 잃고는 암소의 언어를 쏟아내는 DB, 딸 제이니를 잃은 아픔을 극복하고자 매일 햄버거를 만들지만 DB에게 딸에 대한 어긋난 그리움을 투영하여 DB를 학대하는 노인 물수리, 화자를 사랑하고 화자와 교감하는 동물원의 홍학이 만들어내는 이야기의 층위는 다채롭고 풍성하다. 이는 '사랑'의 다면적이고 복합적인 정서를 드러내기에 부족함이 없어 보인다. 그리고 누군가가 다분히 흠모할 만한 이야기로 완성되었다.

전에 오한기의 『의인법』을 읽기 전 그의 소설이 너무 매력적이어서 의인화되는 대신 오한기화될까봐 두렵다고 생각했었다. 내 나름대론 농담이었다. 그러나 나는 '오한기화'가 두렵지 않을 만큼 이 소설이 좋다. 이건 진담이다. 이 소설로 인해 다른 소설들이 덜 재밌게 느껴지겠지만, 그래도 또다른 소설들을 만나러 가야겠다.

사랑이 무엇인가?
내가 되묻는다.
코끼리가 달력을 보는 것.
DB가 말한다.
시력검사를 하는 할머니.
또 DB가 말한다.

윈체스터를 들고 DB에게로 가는 것.
내가 말한다.
납치를 당할 위험에도 납치하는 마음.
또 내가 말한다.
백치 아다다의 열광.
태어나서 처음 흘린 눈물.
누군가에겐 오한기.

작가의 말

『홍학이 된 사나이』는 2013년 여름부터 가을까지 〈서울생활〉에 연재하던 소설이다. 정해진 마감과 분량은 없었고, 쓰고 싶을 때 써서 넘겼다. 6화까지 쓴 뒤에는 쓸 마음이 일지 않아서 쓰지 않았다. 시간은 가만히 있어도 흘렀고, 나는 홍학이 될 수 없었다. 2015년 겨울이 돼서야 나는 이 소설을 『analrealism vol.1』에 전재할 수 있었다. 소설을 쓰는 동안 내 곁에는 분노와 슬픔이 있었고, 나는 아무에게나 목숨을 걸고 썼다고 말하고 다녔다.

내가 홍학이 되기 직전 태국 여행을 다녀왔다는 사실은 모두 알 것이다. 여행을 그토록 싫어하는 내가 왜 여행을 떠나게 됐는지, 나를 태국으로 떠민 한 권의 책이 무엇이었는지, 기억나는 순서대로 천천히 이야기하겠다.

이 소설을 쓰기 시작할 무렵 나는 비밀 카페 게시판에 이렇게 썼다. 당시 태국 여행을 가긴 했는데, 지금 읽어보면 나도 모를 말이다.

2016년 11월

오한기

문학동네 장편소설
홍학이 된 사나이

초판인쇄 2016년 11월 14일
초판발행 2016년 11월 23일

지은이 오한기
펴낸이 염현숙
책임편집 황예인 | 편집 정은진 김내리 이성근
디자인 김이정 유현아 | 마케팅 정민호 박보람 이동엽
홍보 김희숙 김상만 이천희
제작 강신은 김동욱 임현식 | 제작처 영신사

펴낸곳 (주)문학동네
출판등록 1993년 10월 22일 제406-2003-000045호
주소 10881 경기도 파주시 회동길 210
전자우편 editor@munhak.com | 대표전화 031) 955-8888 | 팩스 031) 955-8855
문의전화 031) 955-3576(마케팅) 031) 955-8864(편집)
문학동네카페 http://cafe.naver.com/mhdn | 트위터 @munhakdongne

ISBN 978-89-546-4263-7 03810

* 이 도서의 국립중앙도서관 출판예정도서목록(CIP)은 서지정보유통지원시스템 홈페이지(http://seoji.nl.go.kr)와 국가자료공동목록시스템(http://www.nl.go.kr/kolisnet)에서 이용하실 수 있습니다.(CIP 제어번호: 2016023251)

www.munhak.com